I0636859

Las noches boreales

Carlos Ávila Villamar
Las noches boreales

bokeh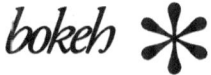

© Carlos Ávila Villamar, 2025
© Fotografía de cubierta: W Pérez Cino, 2025
© Bokeh, 2025

Gainesville, Fl
www.bokehpress.com

Isbn 978-1-966932-09-3
Bokeh es un sello editorial asociado a Almenara Press

Todos los derechos reservados. Cualquier forma de reproducción, distribución, comunicación pública o transformación de esta obra solo puede ser realizada con la autorización de sus titulares, salvo excepción prevista por la ley.

I.
DONDE SE ACABA EL MUNDO

Román llegó a Siktivkar en enero de 1986.

El sol había salido a las ocho, mientras esperaba en la terminal. Desde el avión lo había visto dibujar un breve semicírculo en el cielo antes de comenzar a ocultarse a las tres de la tarde. Bajo las nubes solo había un bosque negro e impenetrable, y el sol, que no parecía el sol, sino un lejano cometa polar, se había llevado consigo tiras de paisaje antes extinguirse en el horizonte.

En el vuelo casi todos se habían quedado dormidos. Pablo, otro cubano, lo esperó en el aeropuerto. Al principio no lo notó, pero Pablo tartamudeaba a veces. Hacía un esfuerzo inmenso por disimularlo.

Pasaron una noche helada en un hotel que tenían reservado para los extranjeros. La calefacción apenas se notaba. Desayunaron fuerte, y con los rublos que llevaban encima compraron algunas ropas para protegerse del frío. Pablo le recomendó que comprara calzoncillos enguatados, medias de lana y botas hasta las rodillas. El tipo de la tienda hablaba en un ruso ininteligible y los miraba con desconfianza. En general los mercados estaban abarrotados de gente, y había muy pocos productos. Había visto carne en un mostrador sangriento que estaba evidentemente podrida.

No muy lejos de allí, en el portal de una especie de club nocturno, muchachos soviéticos de dieciocho o diecinueve años bebían vodka y fumaban. Llevaban abrigos extravagantes y melenas.

Trataron de hacer una excursión turística, pero Román se dio cuenta de que Pablo tampoco conocía la ciudad realmente. Vieron una iglesia blanca, empinada y majestuosa, con las típicas torres doradas ortodoxas. Parecía sacada de la ilustración de un libro de cuentos. En los muros exteriores había graffitis con dibujos fálicos.

Como anochecía temprano debían ir a la estación de trenes cuanto antes. El viaje en tren fue a oscuras, Pablo le hizo unas preguntas sobre el entrenamiento que había recibido en las afueras de Moscú. Román se sentía bastante confiado, pero no quería demostrarlo. Sé que en la práctica todo es distinto, dijo.

El plan era que para 1995 hubiera un total de diez mil cubanos en la Unión Soviética, en la tala de árboles o en funciones contiguas a la tala. El treinta y tres por ciento de la madera iría para Cuba, el resto se lo quedarían los rusos. Los coreanos tenían un acuerdo similar. Los búlgaros, por otra parte, se quedaban con el cuarenta por ciento de lo que talaran. Es decir, no ellos, sino sus respectivos países, en abstracto.

Durmieron incómodamente en la estación de Koslan, y cuando amaneció (a las nueve de la mañana) tomaron un carro hasta Blagoevo. La carretera estaba llena de nieve. El blanco del invierno había desdibujado el bosque. Hablaron sobre el trabajo en los campamentos forestales. Los búlgaros se renovaban por lo general cada dos años. Pablo había llegado hacía unos meses, a finales de 1985, pero su ruso no era muy bueno, y había solicitado que mandaran un traductor que supiera de términos específicos de ingeniería forestal.

Román había abandonado la carrera de lengua rusa en tercer año y se había graduado en ingeniería forestal, una decisión rara (para la mayoría de las personas él resultaba un tipo algo extraño), pero en extremo conveniente para ese puesto. El trabajo de Román sería traducir al español las orientaciones de los soviéticos y servir como puente para cualquier cosa que quisieran decir los cubanos. Orientación constituía una palabra suave, en ciertos discursos casi un eufemismo.

Bienvenido a Blagoevo, le dijo Pablo cuando ya empezaba a anochecer otra vez. El aire denso y glacial le entraba por la ropa hasta prácticamente inmovilizarlo. Una mancha rosada de nubes espumosas se deshacía en el cielo pegado al horizonte. Blagoevo estaba constituida por inmensos edificios cuadrados y grises, que vistos desde lejos parecían puestos por error en el paisaje. Los soviéticos les dicen jrushchovka, le dijo Pablo. Los edificios de microbrigadas son la copia cubana.

La mayoría de los habitantes de Blagoevo había nacido en otro sitio. Las pocas personas que veía en Blagoevo (ya a esa hora no se veía casi nadie) solían tener el pelo negro y castaño oscuro. Román le mencionó este detalle a Pablo. Los komi son los que tienen el pelo rubio y los ojos claros, dijo Pablo sin apresurar las palabras, para no tartamudear. En las ciudades de la República de Komi no hay casi nadie del pueblo de los komi, añadió. En los campos quedan algunos. Conservan las tradiciones. Las ropas coloridas, la lengua, y la fe ortodoxa. Los komi cuidan rebaños de renos en las zonas más al norte, como los lapones.

El hecho de que todos los edificios fueran iguales hizo que Pablo dudara a cuál se dirigían. Físicamente sentían un instinto animal de meterse en cualquier sitio que tuviera una bombilla naranja encendida. Subieron por unas molestas escaleras de hormigón y entraron a un apartamento lleno de cubanos. Estaban desparramados por las habitaciones, dormían con varias capas de ropa en la cama, o en un sofá naranja de terciopelo desflecado, como el pelaje de un orangután, o en el suelo, cubiertos por mantas gruesas que se disputaban los cuerpos, en movimientos remotamente voluntarios. Los que estaban despiertos comían directamente de latas de carne. Los bordes abiertos y afilados de las latas a veces chocaban con la cuchara y producían un sonido incómodo. Habían preparado té caliente, que tomaron en jarras de metal. Tomaban el té sin azúcar, Román no estaba acostumbrado. Pablo le dijo que se acomodara como mejor pudiera y que no tuviera miedo de dejar la maleta en cualquier sitio, que allí nadie se la iba a robar. Pablo era muy amable. Tenía como cuarenta años, y el físico de alguien que había trabajado duro toda su vida.

Román se tiró en una esquina de la sala y se tapó con una alfombra que olía a polvo y a humedad. No tardó en quedarse dormido.

❧

Al día siguiente todos fueron al bosque, al campamento de tala. Despertaron temprano. Nadie hablaba, se notaba que estaban molestos. Los llevaron en la parte de arriba de unos camiones que se usaban para transportar los troncos. Había montado muchas veces de esa forma en el servicio militar. La diferencia estaba en el frío.

Hubo una parte del trayecto en la cual el camión pasó por la cima de una pequeña elevación. Pablo le pidió al chofer que se detuviera, para que los nuevos vieran el paisaje y se les quitara el sueño. La taiga siberiana se perdía en los trescientos sesenta grados de horizonte. Árboles idénticos que parecían abarcar toda la tierra. Algunos medían más de cien metros, y habían crecido tan rectos que causaban cierto espanto sobrenatural. Uno de los cubanos orinó junto a un árbol y llamó a los otros: la orina se había congelado al tocar la nieve, formando una especie de granizado legañoso al pie del tronco.

Los nuevos no se sintieron entusiasmados al llegar al campamento. Los leñadores, ingenieros y traductores dormían juntos en unos albergues rústicos, cabañas para cuatro personas, hechas de troncos entrecruzados, recubiertos con tabloncillos de la misma madera. Entre los tabloncillos y los troncos había guata, que ayudaba a aislar térmicamente el interior. No se quejen, hasta diciembre dormíamos en vagones de tren, dijo Pablo en voz alta. Cuando hablaba en voz alta delante de mucha gente solía empeorar su tartamudeo. Algunos de los nuevos se rieron con disimulo.

Un búlgaro que trabajaba como asesor les explicó algunos detalles. En invierno las temperaturas bajaban a cuarenta grados bajo cero. En el centro del campamento había siempre un tractor DT75 encendido, por si pasaba algo.

Román pidió permiso para caminar por el bosque, y el búlgaro le indicó una zona segura, donde no estaban talando. Le pidió que no se alejara, que regresara a los pocos minutos.

Caminó con trabajo entre los pinos recubiertos de nieve. El cielo se veía encima como un archipiélago de cuarteaduras blancas. Aquello no parecía el cielo, sino otra cosa, una nada, un precipicio hacia arriba. Bajo la nieve los pinos seguían verdes, eran lo único vivo. A lo lejos se escuchaban los sonidos de las motosierras. Quiso explorar un poco más, y llegó a un pequeño barranco. Las rocas desnudas del barranco exhibían cicatrices prehistóricas. A lo lejos humeaban cabañas escondidas, de las que solo se veía la chimenea. Es como si algunas aldeas komi jamás se hubieran enterado de la civilización, le había dicho Pablo antes.

El frío ya le resultaba insoportable y regresó al campamento. Almorzó solo una extraña mezcla de berenjena con pescado que les habían enviado los soviéticos.

En realidad el campamento estaba formado por dos campamentos, uno de búlgaros y uno de cubanos. En los próximos meses, le había dicho Pablo en Blagoevo, cuando hubieran ganado experiencia los cubanos, tendrían el suyo propio. Román compartía su cabaña con Peter, el traductor de los búlgaros (quedaban dos camas vacías). Peter era un tipo ligeramente mayor que él, llevaba tupé y un bigote tupido que le bajaba hasta el corte de la mandíbula. Peter vivía con su esposa en Blagoevo desde hacía años. La esposa era soviética. Los traductores la tenemos fácil, le dijo a Román en ruso. De vez en cuando nos piden que carguemos una motosierra, pero solo será un par de veces a la semana.

Dentro de la cabaña andaban también con ropa de invierno. Tenían electricidad, aunque no calefacción. La única calefacción era la estufa, que trataban de mantener siempre encendida. Peter le contó que al principio los búlgaros habían tenido que trabajar en el campamento sin electricidad, y que cuando los cubanos montaran el suyo en los próximos meses probablemente les iba a tocar lo mismo.

Dentro de la cabaña había un olor molesto a humedad. Los objetos estaban tirados por el suelo sin ningún orden, ennegrecidos por la mugre. En las dos camas vacías Peter había puesto algunas de sus pertenencias. Román adivinó que probablemente también su cama habría estado ocupada hasta el día anterior. Román tenía pocas pertenencias personales, fuera de la ropa. Algunos libros en español y en ruso, un radio, un reloj despertador de plástico, una fosforera metálica, cigarros cubanos.

Si un día quieres darte un buen baño, puedes ir a la casa de mi esposa en Blagoevo, le dijo Peter en ruso. Román le dio las gracias y lo invitó a fumar. Le costaba sacar los cigarros de la caja con los guantes puestos. Peter se quitó un guante y lo ayudó. Ya aprenderás ciertas cosas, dijo.

¿Por qué viniste?, le preguntó Peter. El cuarto estaba teñido por la luz rojiza del fuego de la estufa. Cuando expulsaban el humo lo hacían inconscientemente en dirección al fuego, y entre una frase y la otra dejaban pasar el tiempo, como si jugaran ajedrez. Vine porque el socialismo cubano lo necesitaba, contestó. Nadie viene por eso, dijo Peter, dime la verdad. Había un silencio tan absoluto que se escuchaban los chasquidos del fuego devorando la madera. Vine porque no tenía opción. Mi hermano está en Angola. Si yo rechazaba esta propuesta iba a quedar como un cobarde.

Peter se tiró en la cama. El cuerpo no rebotó. Yo vine por el dinero. Entonces conocí a mi esposa. No sé qué estoy haciendo, no creo que vaya a pasar mi vida aquí. Peter hablaba un ruso fluido, mucho mejor que el de Roman. Era lo bastante fluido como para dejar entrever cierta sinceridad. Román se preguntó cómo se escucharía él, si sonaría falso lo que decía.

Tocaron a la puerta. Un hombre con una linterna les llevó la comida y les recogió los cacharros de metal en los que habían almorzado. Román y Peter comieron en silencio una sopa oscura con carne deshecha y col. Los cacharros se veían sucios, mal lavados. Román se quedó con hambre, pero no lo dijo.

Se levantaron a las siete. Un cubano risueño iba haciendo ruido con una cazuela y una vara de metal de puerta en puerta. Otro ponía leña encendida debajo del motor del tractor para que anduviera. Desayunaron pan de centeno y leche. Detrás de los pinos que bordeaban el campamento se alzaba un amanecer salvaje que parecía todavía más frío que la noche.

Un cubano hercúleo se había puesto a hacer intrépidos ejercicios de estiramiento a la intemperie. El día ha empezado bien, decía, como si se burlara de los otros. Luego Román se enteró de que se llamaba Valeriano. Un hombre que hablaba en ruso y que al parecer se había levantado mucho antes que los otros intentaba comunicarse por señas con unos cubanos. Llamaron a Pablo para que les tradujera. Pablo a su vez llamó a Román. El soviético les dijo que no debían talar, porque el instituto de meteorología había pronosticado temperaturas de menos treinta grados. Román tradujo y Pablo hizo el anuncio en voz alta.

Valeriano se acercó al grupo. Pídele que nos regresen a Blagoevo entonces, le dijo a Román para que tradujera al ruso. Román transmitió la solicitud al asesor soviético. No va a ser posible, dijo, está pactado que nadie regrese a Blagoevo hasta que no se haya terminado de talar el área acordada. Román lo tradujo al español. ¿Cuánto tiempo nos vamos a pasar aquí?, preguntó Valeriano con agresividad. El que tengamos que pasarnos, le dijo entrecortadamente Pablo. El asesor soviético añadió algo más. Si por terminar antes quieren arriesgarse a talar a menos treinta grados, eso será un problema de ustedes. Nosotros ya les hemos hecho la advertencia. Nadie va a talar a menos treinta grados, dijo Pablo en un intento de ruso, y luego en español. Valeriano negó con la cabeza. Si tenemos que talar a menos treinta grados para irnos antes de aquí lo haremos, dijo. Pablo no se atrevió a contradecirlo.

Los metales de las máquinas chirriaban, y había un ruido ensordecedor de motores que parecían negarse a trabajar. Román todavía sentía hambre en el estómago. El pan y la leche no habían compensado la extraordinaria cantidad de energía que ahora gastaba su cuerpo produciendo calor. Finalmente las máquinas arrancaron y los cubanos se separaron en tres grupos, un grupo para cada tractor, y con un esfuerzo notable se movieron entre los restos de la tala del día anterior, un cementerio de árboles a medio cortar cubiertos por la nieve de la noche. En el centro habían dejado un trillo por el que pudieran mover los tractores. De la nieve sobresalían gajos como banderas entre los escombros de un campo de batalla.

El plan en realidad no era talar, sino terminar el trabajo del día anterior. Con motosierras quitaban los gajos que les habían quedado a los troncos, y lanzaban los gajos a mano a un camión especial (a veces entre varios hombres) y cortaban los troncos por la mitad, y los levantaban con la pala del tractor y los ponían en la volqueta de otro camión más grande, que no era una volqueta en verdad sino un par de pinzas abiertas que aseguraban la madera (encima del camión se subían peligrosamente varios hombres para asegurar los troncos, a veces se quejaban en voz alta porque les habían dejado gajos o porque les soltaban los troncos apenas unos segundos después de haberse quitado del medio). A lo lejos solo se veían más hombres cortando gajos a los troncos entre la nieve y asegurando los troncos en los tractores y más lejos estaba la línea de bosque sin cortar. Sin el bosque que los protegiera sentían todavía más frío. Les costaba agarrar las ramas, porque habían perdido la sensibilidad y el control de las manos, no podían cerrarlas en un puño siquiera.

El tractor de Román se alejaba más y más del campamento. Tenía que amontonar los troncos para que luego fuera más fácil transportarlos en los camiones. Al raspar el suelo con la pala el tractor también levantaba nieve. Era una nieve sucia y dura. El frío se agravaba al mediodía, en vez de aliviarse. No podemos seguir trabajando, dijo uno de los cubanos, pero los demás siguieron como si no lo hubieran escuchado. Román trató de hacer lo que hacía la mayoría, quedarse callado. Cerca de la línea de bosque el tractor se detuvo. El motor ya venía dando problemas.

Eres el único que sabe ruso, le dijeron los otros cubanos, así que debes ir tú a buscar ayuda. Román dijo que no había problema, pero en realidad estaba espantado. El campamento estaba a un kilómetro. Cometió el error de correr en la nieve. Se agitó demasiado e instintivamente respiró por la boca. El aire estuvo a punto de congelarlo por dentro. Pablo lo vio arrodillado en el suelo y lo ayudó a llegar al campamento. Le dieron té caliente y lo cubrieron con varias mantas. Nunca, por ningún motivo, corras en la nieve a menos treinta grados, le dijo Pablo. Román escuchó que varios reían a lo lejos, pero se sentía demasiado confundido.

Pablo le encargó a Peter que vigilara a Román. Estuvo resfriado toda la noche. Le mandaron dos raciones de sopa en lugar de una, y tomaba un poco de té cada un par de horas.

Esa es la razón por la que los búlgaros nos hemos quedado en el campamento, dijo Peter. Este lugar no está hecho para seres humanos, dijo Román, mientras tiritaba por el frío. Estuve en la zafra en Cuba, pensé que esto sería como la zafra. No está hecho para *todos* los seres humanos, le contestó Peter, y fue a buscar entre sus pertenencias en una de las camas desocupadas un atlas con los topónimos en ruso. He estado en Vorkuta, en el extremo norte de Komi, dijo mientras tapaba el sitio con el dedo. Vorkuta está cincuenta kilómetros por encima del Círculo Polar Ártico, y tiene cincuenta mil habitantes. Y al norte de Vorkuta quedan los territorios de Nenetsia, allí fui a Narian-Mar, una ciudad de veinte mil habitantes. En Nenetsia viven rusos, komi y otro pueblo siberiano, los nénets. Un marinero mercante me habló de una ciudad todavía más al norte, Belushya Guba, en una de las islas polares de Nueva Zembla. Quizás creas que Komi es el fin del mundo, o al menos el fin de la Unión Soviética, pero te equivocas. Hay asentamientos humanos en Nueva Zembla que están más cerca de Groenlandia que de Blagoevo, para que tengas una noción de las distancias. Si fuera posible seguir caminando en línea recta, en algún punto yendo hacia el norte se comenzaría a caminar hacia el sur, de cabeza. En el extremo norte de Nueva Zembla hay una base meteorológica. Hace unos años los soviéticos hicieron estallar bombas atómicas cerca de allí. Probablemente ese sea el fin del mundo. Allí ya no crecen los bosques. Solo hay hielo adherido a cordilleras montañosas. En Bulgaria la gente tampoco tiene noción de cuán inmensa es la Unión Soviética, de cuántos pequeños países se extienden y se pierden sobre la taiga y la estepa. Para las aldeas polares de la Unión Soviética, Moscú y Leningrado son sueños ajenos del sur, de los que solo les llegan historias.

Esa noche la temperatura bajó a menos cuarenta grados. Se acostaron cubiertos por todas las mantas que encontraron, además de ropa sucia y tela de alfombras. En la oscuridad y el silencio más absoluto el frío no lo dejaba dormir. Escuchaba el latido de su propio corazón. El bombeo de la sangre caliente evitaba que los demás órganos se congelaran. Cada latido era un minuto que se postergaba la muerte por congelación. Román sentía que su cuerpo no podía tolerarlo más. La colcha en la que estaba envuelto le parecía tan fría como el hielo. Se levantó y se acostó junto al fuego, a apenas algunos centímetros de la estufa. Allí también estaba Peter. Dormía pacíficamente.

એ

En los días siguientes se montaron los troncos que faltaban. Aprovechaban al máximo las seis o siete horas de sol. Los tractores amontonaban los troncos en pequeños bultos que a lo lejos parecían lunares negros en el área deforestada. Se veía un inmenso agujero blanco en el bosque, en el que hombres diminutos cargaban los últimos troncos y los subían a camiones también diminutos. Cada tronco costaba un esfuerzo extraordinario. Como había pocos tractores y muchos hombres los cubanos decidieron agilizar el trabajo cargando los troncos en equipos de diez. Román sentía que con cada paso nuevo que daba el peso del tronco lo hundía más en la nieve. A veces había que rescatar troncos que ya estaban enterrados y congelados, troncos que parecían columnas de hielo. Entonces el frío del tronco traspasaba los guantes y le acalambraba las manos y los brazos. Transportar un tronco una distancia de veinte metros los agotaba hasta el punto que debían tomar descansos de al menos diez minutos. Nadie hablaba. Los cubanos recién llegados se quejaban, y preguntaban qué tenían que hacer para salir de allí, pero ya era muy tarde.

Por cada zona boscosa que se talara había que reforestar otra igual o mayor cuando llegara la primavera, le explicaron. Los soviéticos contemplaban la reforestación en un plazo de cien años. Un árbol plantado en 1986 no podría talarse hasta 2086. El mundo soviético funcionaba mediante períodos descomunales de tiempo. Una vida humana no podía abarcarlos. Tal vez aquel fuera precisamente el punto.

Desde la altura se podía contemplar el paisaje helado, las manchas lejanas de otras áreas del bosque que ya habían sido taladas. Román se preguntó qué sería de ellos cuando ya hubieran agotado esas áreas, si tendrían que ir subiendo más y más al norte, montar nuevos campamentos en el medio de la nada, donde no había ya carreteras, ni señalizaciones, solo el silencio desolador del bosque, interrumpido por el paso de las grandes bestias.

Había aprendido varias cosas por Peter. Si en la entrada de una cueva había estalactitas de hielo debía alejarse rápido y con cuidado. Se formaban por la respiración de los osos cuando hibernaban.

En el campamento los leñadores se calentaban con té y hablaban sobre mujeres y sobre la vida pasada. Se ponían sobrenombres, y siempre quedaba claro para todos quiénes eran los más fuertes y los más débiles (¿era él uno de los débiles?). También parecía una prisión o un campo de trabajo, pero esto no lo podía decir (había muchas cosas que sabía que no podía decir). De haber estado ahí, y no en Angola, su hermano habría sido uno de los fuertes.

Les entraba la prensa diariamente, pero con varios días de desfase. Los mismos camiones que llevaban los troncos hasta Blagoevo traían cajas con periódicos en ruso, en español y en búlgaro. Pablo era el único que los leía regularmente. Se ponía unos espejuelos pequeños, que contrastaban con la tosquedad de sus facciones y su cuerpo, y se sentaba con las piernas cruzadas con los enormes papeles abiertos. Se despertaba antes que los otros, y esperaba leyendo el periódico que los otros se espabilaran, como si hubiera querido mostrarles que algo civilizado se podía hacer con el tiempo en aquel infierno blanco.

Cuando terminaban un área de tala regresaban a Blagoevo, a unos apartamentos como el que Román había visto al llegar. Dormían tanto como podían, veían televisión y jugaban dominó en el suelo. Allí les llegaba el correo. Desgarraban los sobres en cuanto tocaban sus manos. Luego comentaban entre ellos las noticias lejanas de aquel otro mundo que habían dejado atrás. Román preguntaba siempre por su hermano. Los padres habían pintado la casa, y ahora habían conseguido un perro pequinés blanco que orinaba en las patas de los muebles cuando lo dejaban solo. Por un rato lo consolaba el pensamiento de que su cuarto siguiera siendo su cuarto cuando regresara a Cuba. El contrato de trabajo era por un año. Los días iban pasando, pero no se notaban. Se parecían tanto entre sí que daba la impresión de que estaban en una noche eterna, en la que un sol falso se asomaba en el horizonte como el péndulo invertido de un reloj, indicándoles rutinas sin sentido: las jornadas de tala, la soledad en las cabañas, el cansancio en los cálidos apartamentos de Blagoevo.

Haber estado por veinte años en Komi le había dado ventajas a los búlgaros. Tenían sus propias barberías, confiterías, escuelas para sus hijos, mercados. Y estos últimos estaban mejor abastecidos, según algunos, que la mayoría de los mercados soviéticos. A Román le había dado la impresión de que los mercados soviéticos (al menos los de Blagoevo, Usogorsk y Koslan) estaban mucho peor abastecidos que los de Cuba. Mientras Cuba experimentaba un relativo crecimiento económico a partir de 1980, la Unión Soviética se estancaba. Y los soviéticos estaban seguros de que la culpa estaba en el modelo de planificación estalinista, pero el hecho era que entre más se abrían al mercado, más se desgarraba su economía, y los teóricos más conservadores lo tomaban como un ejemplo para reafirmar su sospecha de que tomar las herramientas del capitalismo no era la solución.

También en Blagoevo se escuchaban casetes con música búlgara y se preparaban platos búlgaros. Algunos soviéticos habían asimilado parte de esta cultura. Por ejemplo, el hábito de cultivar hortalizas de ciclo corto. Visitó la casa de Peter y le dieron a probar boza, una bebida alcohólica que práctica-

mente no emborrachaba. La casa de Peter era pequeña, pero
acogedora. Su esposa daba clases en una escuela primaria.
Tenía un hijo de tres años que regaba juguetes de madera y
de metal por todos los cuartos. Los juguetes soviéticos eran
como los dibujos animados soviéticos: toscos de una manera
peculiar, que combinaba lo anticuado con un brutalismo
experimental. El niño parecía llevarse bien con Peter. Él le
había tratado de enseñar algunas canciones infantiles búlgaras, pero el niño las cantaba en una lengua ininteligible. Tal
vez ni siquiera entendiera las palabras, y las repitiera como
si pertenecieran a una de esas canciones infantiles pegadizas
en las que las palabras no significan nada. Román se sentía
a gusto en casa de Peter, pero le daba demasiada pena con la
esposa quedarse por mucho tiempo. Inventaba alguna excusa
y regresaba a la pocilga con los demás.

Los soviéticos habían prometido que en el futuro, en 1995,
cuando hubiera diez mil cubanos en aquellos bosques, se
harían planes para que también pudieran llevar a sus familias,
como habían hecho los búlgaros.

Los cubanos más suertudos (los que llevaban más tiempo
en Komi) habían entablado relaciones cortas e informales con
mujeres soviéticas. Se comunicaban con gestos y con unas
pocas palabras rusas que habían aprendido. Y las mujeres
soviéticas a veces se quedaban con algunas frases en español,
de cuyo significado nunca estarían por completo seguras.
Aquel era un mundo de noches frías, en el que las palabras y
las imágenes importaban menos que el tacto humano.

Cuando estaban en sus días de descanso en la pocilga de
Blagoevo, Román tenía que traducir la correspondencia de
ida y vuelta de los demás cubanos con las mujeres rusas (algu-

nas vivían en Usogorsk, o incluso en Moscú). No le pagaban por eso, pero no le quedaba otra opción (y a fin de cuentas le servía para ganarse la simpatía de los demás). Peter le había propuesto en broma montar un negocio privado de traducción de cartas personales. Muy a tono con la perestroika.

Peter le había contado que allá en su país había un refrán sobre la infidelidad de los hombres. Dijo que estaba en el Volga, y resulta que estaba con Olga, decían las mujeres búlgaras.

∾

En aquellos paisajes el único protagonista indiscutible era el cielo. A finales de febrero vieron un amanecer en el cual supuestamente se habían acercado al disco solar tres estrellas diminutas, que en verdad no eran estrellas, sino los planetas Venus, Mercurio y Júpiter. Román se lo comentó a Pablo y a otros cubanos, que sencillamente no le creyeron. Peter tenía un libro en ruso de astronomía para principiantes. Al final del libro había hermosas láminas de las constelaciones. A veces junto al fuego que encendían a un lado del campamento trataban de distinguirlas en el cielo. En la cima de la bóveda celeste estaban las formas que atribuyeron a la Osa Menor (que terminaba en la Estrella Polar), a Casiopea, y a Andrómeda. Pegadas a un horizonte invisible (que solo se intuía porque el tejido de estrellas se interrumpía) estaban la Osa Mayor, Géminis y Hércules.

Al anochecer de ese mismo día las constelaciones se habían desplazado. La Osa Mayor, Géminis y Hércules se habían levantado de la línea del horizonte, y había aparecido la figura de Cáncer. Y ahora Andrómeda y Casiopea bajaban con el sol y sus estrellas empalidecían con el rosado del cielo junto a los tres planetas invisibles. Por la noche la luna había salido coronada por las estrellas de Virgo. Peter se entretenía dibujando atlas celestes sobre sus cabezas. Tal vez estuviera equivocado, y no supiera nada de astronomía, pero a Román aquello lo hacía sentir bien. Cuando se acostaba soñaba con estampas atemporales de cangrejos, perros y peces, que interactuaban entre sí.

Una noche alguien tocó a la puerta de la cabaña con insistencia. Peter y Román ya se habían acostado. Se levantaron creyendo que sería alguna broma de mal gusto, y se abrigaron para enfrentar el frío del exterior, que entraría una vez que abrieran la puerta. Román escuchó una frase en búlgaro que repetía el hombre de afuera una y otra vez en voz alta. ¿Qué dice?, preguntó. Peter sonrió con franqueza. ¡Una aurora!

Todos, cubanos y búlgaros, habían salido al centro del campamento. En la penumbra, algunas líneas con forma de anzuelo delataban cabezas humanas. El frío era insoportable, pero no les importaba. Miraban hacia arriba, perplejos, la transparencia majestuosa de la noche. La aurora boreal flotaba bajo el cielo estrellado, como los muros incendiados de una ciudad de aire o como un arpa fantasma.

Peter le dijo a Román (para que lo tradujera a los cubanos) que era inusual ver una aurora boreal a esa latitud. Que era común verlas por esas fechas más al norte, en Nenetsia o en Nueva Zembla. Nadie durmió, y el silencio absoluto del bosque parecía insinuar una música celestial inaudible. Las cuerdas verduscas del arpa se movían como si hubieran entrado vientos cósmicos a la atmósfera. Recordaba el reflejo luminoso que el agua en movimiento a veces producía en las paredes de un recipiente. Quedaba claro dónde empezaba cada cuerda, pero no dónde terminaba. Se alzaban hasta perderse en el firmamento. Por un instante nada más importaba.

II.
MOSCÚ

En marzo hubo una reunión en Blagoevo. Enviarían unas piezas por tren desde Moscú, pero lo mejor era que no viajaran solas. Varias veces los vagones habían llegado vacíos. Los robos eran frecuentes en las vías ferroviarias siberianas. El tren iba tan despacio en algunos tramos que no resultaba difícil subirse. Y en los cruces, donde los trenes de carga debían esperar por horas, cualquiera podía husmear en unos vagones sin acompañante.

Tenía sentido que el traductor acompañara las piezas. La ventaja era pasar una noche en Moscú. La desventaja, el viaje de regreso en un tren de carga.

Había un historiador en Koslan que también necesitaba viajar a Moscú. A través de la Komsomol el museo donde trabajaba el hombre hizo un trato con la empresa forestal cubana: Román saldría de Blagoevo hasta Koslan, lo recogería, y luego irían juntos hasta Moscú. El carro lo pondría el museo. Román haría de chofer, ya que el otro no sabía manejar. Sería la primera vez que conduciría en la Unión Soviética.

Se llevó un vasto mapa de la Unión Soviética, blando e hinchado por la manipulación, doblado hasta convertirse en un falso folleto, con rajaduras parciales en forma de cuadrícula. No tendría que pasar por Siktivkar. Cortaría camino yendo hacia el sur, hasta llegar a Lena, y luego tendría que seguir una carretera que bordeaba el río Vichegda hasta encontrar Koriazhma al oeste, y luego Kotlas, y seguir hacia el sur bordeando otro río (en el mapa siberiano quedaba claro que la civilización había dependido de los ríos) hasta Vologda, donde se suponía que pasaría la noche. El trayecto de Vologda a Moscú no tendría pérdida, porque bastaría seguir la autopista M8, que estaba marcada en el mapa con tinta azul. El problema era llegar a Vologda.

Salió de Blagoevo a las ocho de la mañana. Los otros lo despidieron como a un hombre afortunado. Recogió al historiador en Koslan. Le dijo que se llamaba Milo. Tendría no más de veinticinco años: se habría acabado de graduar. Era delgado, lampiño, de baja estatura, y tenía pelo rubio y largo. No había visto a nadie en Komi tan bien vestido. Llevaba una bufanda y unos audífonos TDS 1, por los que escuchaba la música de un pequeño reproductor portátil, del que extraía de vez en cuando un casete de música para insertar otro. El muchacho se había sentado en el asiento trasero, y no había dicho una sola palabra. Román tenía la impresión de haberse convertido en el chofer privado de un niño burgués.

El termómetro en Blagoevo había marcado menos diez grados de temperatura. El Niva rojo había ido hacia el sur por una carretera que al principio se pegaba al río Vashka, y que luego se separaba lentamente hasta perderse en el bosque. El asfalto estaba cubierto por escarcha, y las ventanillas del carro tendían a nublarse por la diferencia de temperatura entre el interior y el exterior. Román había prendido las luces delanteras. Solo se veían los próximos diez o quince metros, a causa de una neblina blanca que salía del suelo, que parecía la respiración de la tierra. Cuando bajaran las temperaturas, la niebla fabricaría telarañas de hielo entre las ramas de los árboles.

Román llevaba un sobretodo gastado que le había prestado Peter, y unos guantes medio rotos que le hacían difícil maniobrar con el timón. Una barba ermitaña le ocultaba el rostro, y toda la carga expresiva caían en unos ojos profundos, enrojecidos, perennemente serios. Román había cambiado mucho en dos meses. Parecía que tenía cuarenta años, no treinta. ¿El historiador de la Komsomol le tendría miedo? Le preguntó qué música estaba escuchando. Milo contestó que escuchaba un álbum de Alisa, y sonrió incómodamente, como si supiera de antemano que Román no tenía idea de lo que estaba hablando, y como si su amabilidad (la de ambos) fuera a todas luces inútil. ¿Es una banda? Sí. ¿Qué tipo de banda? Es una banda de rock, contestó Milo, con timidez. ¿Acaso el muchachuelo suponía que él odiaba el rock? ¿Acaso suponía que él era de la generación de sus padres? Me gusta el rock, dijo Román. A mí también, contestó el muchacho, afirmando involuntariamente con la cabeza.

Almorzaron en una cafetería en Kotlas. La cafetería tenía las paredes mal pintadas y había un olor desagradable. El muchacho apenas comió. Preguntó al dependiente si por allí cerca había alguna máquina dispensadora de Pepsi, y el hombre le respondió que no. ¿En la Unión Soviética venden Pepsi?, le preguntó Román. Sí, contestó, desde hace unos años. Vale cuarenta y cinco kopeks. ¿Has estado antes en Moscú?, le preguntó a Román. Sí, pero no por mucho tiempo. Nunca he podido caminar con libertad, nunca como un turista, si me entiendes. ¿Esta vez podrás? No, creo que esta vez tampoco. Quizás nunca lo haga, uno nunca sabe.

¿Me das algún consejo? Compra carne, azúcar y queso, dijo Milo. En Moscú esos productos no necesitan cupones de racionamiento. En otras ciudades sí, como sabrás.

A las cinco de la tarde ya el sol comenzaba a morir en el horizonte. En el extremo contrario del horizonte un azul caníbal borraba el mundo. El bosque se oscurecía hasta desaparecer, y solo comenzaban a notarse las formas que los focos delanteros del automóvil sorprendían en la carretera. Román tenía miedo de que algún animal se les atravesara. Pablo le había dicho que en invierno no se podía frenar bruscamente: había que ir desacelerando hasta que el Niva prácticamente frenara solo. Milo parecía asustado. Román no podía demostrar que él también sentía miedo. Habían dejado atrás Kotlas hacía horas, y tenía la impresión de haberse perdido. Quería detenerse y revisar el mapa, pero no quería que el muchacho lo viera revisar el mapa.

¿Eres leñador, entonces?, le preguntó Milo. No, soy traductor, aunque a veces también tengo que hacer trabajo de leñador. ¿Eres cubano? Sí, ¿se me nota? Se nota que no eres soviético, solo eso. Los de la Komsomol me dijeron que el chofer que me llevaría a Moscú era cubano. ¿Así que ya me consideran *chofer*? Disculpa, dijo Milo, eres traductor, lo sé. No me molestaría ser chofer, dijo Román como si tratara de disculparse, ser chofer está bien. ¡Claro!, no he dicho lo contrario, rectificó Milo, con visible vergüenza. ¿Tú eres de la Komsomol?, le preguntó Román. Sí. No soy un dirigente, ni nada, pero ayuda en estos casos... ¿Estos casos? Sí, consigue transporte y hospedaje, cuando un tema le interesa. ¿Tú eres historiador, no? Sí. ¿Qué estabas estudiando en Koslan? No estaba estudiando nada, en realidad, sino haciendo unos preparativos para una ceremonia en Yortom. En noviembre de este año se ha decidido celebrar el quinientos aniversario de la fundación de la aldea. ¿Yortom?, preguntó Román. Yortom es una pequeña aldea komi de quinientos habitantes al norte de Blagoevo. Koslan, donde me quedé, tiene cuatrocientos años. De hecho, el museo de Koslan lo inauguraron el año pasado, por el cuatrocientos aniversario de su fundación.

Román miraba hacia adelante, pero de vez en cuanto veía al muchacho por el espejo. Nosotros tenemos una Komsomol en Cuba, dijo Román, se llama UJC. También tenemos un Partido Comunista, y un Sóviet, al que llamamos Poder Popular. A mí me *movilizaron* a esta tarea por la UJC y por el Partido. ¿A cuál tarea?, le preguntó Milo. Venir a Komi, dijo, traducir y demás... creo que estoy un poco arrepentido. No sé qué estamos haciendo los cubanos aquí. La naturaleza es preciosa, pero el trabajo es duro, demasiado duro. A veces solo quiero... estar en una casa, en una verdadera casa. Yo era un muchacho como tú hace un par de meses. No tenía idea de lo que estaba haciendo cuando dije que sí. Lo siento, contestó Milo mientras se rascaba la nuca. El muchacho daba la impresión de haberlo dicho con franqueza.

Ya era de noche, y el frío empezaba a penetrar en los huesos. No había ninguna ciudad cerca. Román quería revisar el mapa. Si tan solo el muchacho se durmiera, pensó. ¿Y qué harán en la ceremonia en noviembre?, preguntó Román. El muchacho sonrió, el tema al parecer le interesaba. Hace una década, mientras se le hacían remodelaciones al teatro de Yortom, que había sido una iglesia durante el zarismo, se encontró un cofre cerrado con unas instrucciones muy precisas, dijo. Las instrucciones dicen que el cofre no debe ser abierto hasta noviembre de 1986. Supuestamente el cofre tiene quinientos años de antigüedad, y contiene un mensaje escrito para el futuro. En la ceremonia se abrirá el cofre y se leerá el mensaje. ¿No tienen idea de qué dice el mensaje? No, contestó Milo, pero sospechamos que se trata de algún documento que hable de la fundación de la aldea.

Al cabo de un rato el muchacho se volvió a poner los audífonos y se quedó dormido. Román aprovechó para revisar el mapa. Ya tenían que haber llegado a Vologda. Eran las siete de la noche. A esa hora se suponía que estuvieran descansando en una cama en un cuarto caliente para levantarse temprano y continuar el viaje. Varios escenarios pasaron por su cabeza. Si no encontraban Vologda, o cualquier otra ciudad, tendrían que detener el automóvil y hacer un fuego junto a la carretera, y dejar encendido el automóvil para que el motor no se congelara. ¿Habría menos quince grados afuera? ¿Menos veinte? Si una nevada los sorprendía a mitad de viaje y bloqueaba el camino no habría escape. No había cabañas ni edificios cerca, no tenían teléfonos públicos a mano, nadie sabía exactamente dónde estaban. La sensación de estar solos en una oscuridad helada e infinita era espantosa.

En las últimas dos horas la carretera se había cruzado tres veces con vías ferroviarias. Miró de nuevo el mapa. Buscó varias rutas posibles en las que podría encontrarse. Las vías ferroviarias y los ríos no lo ayudaban mucho: se ramificaban por toda el área que se encontraba entre Kotlas y Vologda. Sospechaba que había girado hacia el lado equivocado en Velikii Ustiug. En vez de estar yendo hacia el oeste tal vez estuviera yendo hacia el sur. Recordó que había puesto la brújula en la guantera, junto al botiquín de emergencias.

En efecto, estaba conduciendo hacia el sur. Detuvo el automóvil. Le quedaban dos opciones: regresar a Velikii Ustiug
por donde mismo había llegado y entonces conducir hasta
Vologda, o tratar de cortar camino para llegar a Vologda
antes, y poder dormir unas horas. Debía decidir con urgencia.
El motor ronroneaba. No se veía absolutamente nada afuera.
El frío de la noche tejía escarcha en la carretera, volviéndola
más resbaladiza y peligrosa.

¿Dónde estamos?, preguntó Milo espabilándose. No
estoy seguro, contestó Román. Creo que me equivoqué de
camino, pero estoy averiguando cómo llegar a Vologda. ¿Nos
perdimos? No, no nos perdimos. ¡Sí, nos perdimos! ¡Dijiste
que no estabas seguro de dónde estábamos! Quise decir que
no estaba seguro del lugar exacto, pero sé que fuimos al sur
en vez de ir al oeste. Nos desviamos cuatrocientos kilómetros, aproximadamente, teniendo en cuenta el tiempo que
ha pasado desde que dejamos Velikii Ustiug atrás. ¡Cuatrocientos kilómetros! Cuatrocientos kilómetros no es tanto: a
una velocidad de cien kilómetros por hora son cuatro horas
de viaje. ¿Has conducido antes en la Unión Soviética? Muy
pocas veces. ¡Muy pocas veces o ninguna! Necesito que te
calmes, contestó de forma autoritaria Román. Milo hizo
silencio. El motor del automóvil seguía sonando. Te doy dos
opciones: o regresamos a Velikii Ustiug o cortamos camino
para llegar cuanto antes a Vologda. ¿Pero has conducido
por aquí antes? No. ¡Entonces ni pensarlo! ¡Regresemos
a Velikii Ustiug! ¡Pasemos la noche ahí! Traigo bastante
dinero, toquemos varias puertas y pidamos que nos dejen
quedarnos. Si vamos a pasar la noche en algún sitio mejor
seguir manejando y detenernos en el primer pueblo o aldea

que veamos, propuso Román. Está bien, hagamos eso, dijo el muchacho.

Al cabo de los minutos algunas luces amarillas empezaron a aparecer a lo lejos. Pasaron por al lado de una casa que estaba a unos metros de la carretera. Román dio marcha atrás. Dejó el Niva encendido y tocó a la puerta. Se demoraron en contestar. La voz de un hombre viejo del otro lado preguntó quién era. Estoy perdido y estoy buscando cómo llegar a Moscú, contestó Román. Sigue recto por esta carretera y llegarás a Kostromá. A setenta kilómetros de Kostromá está Yaroslavl: por ahí pasa la M8, que lleva directo a Moscú. ¿Conoce algún sitio donde pueda pasar la noche en Kostromá o en Yaroslavl? No, y le pido por favor que se vaya, justo ahora iba a dormir.

Román entró al automóvil y revisó el mapa. Ya no iremos a Vologda, le dijo a Milo. Estamos cerca de Yaroslavl, mucho más al sur de lo que imaginé. Pasemos la noche ahí. Si salimos al amanecer a las diez de la mañana ya estaremos en Moscú. Milo confirmó con la cabeza. Se encontraba desesperado por terminar el viaje cuanto antes.

Sorprendentemente a las nueve de la noche, después de todo un día en la carretera, Román no sentía el menor deseo de dormir. Tal vez el susto lo hubiera dejado en un estado de alerta. Comieron unas galletas saladas para calmar el estómago. A las diez llegaron a Yaroslavl. Román vio una cafetería que parecía abierta en el centro de la ciudad, al lado de la cual había una máquina de Pepsi. Despertó a Milo. Te tengo una sorpresa, le dijo.

Cerraron el automóvil y entraron. Sintieron un alivio extraordinario al comprobar que la cafetería tenía calefac-

ción. Milo no parecía particularmente agradecido, a pesar de
que había abierto su botella de Pepsi con una codicia infantil.
Preguntaron dónde podían pasar la noche y a qué precio. La
dependienta era una mujer delgada, que hablaba semidor-
mida. Les indicó un par de opciones que parecían impaga-
bles (y en cierto sentido ella sabía que lo eran, al menos para
ellos, y había querido dejarlo claro). Ya vamos a cerrar, les
advirtió. No había ningún otro cliente. Román le alcanzó un
termo a la dependienta y le pidió que se lo llenara de café. Era
un termo viejo. El plástico verde pastel de la tapa del termo
(que también funcionaba como jarra) estaba gastado, hasta
el punto de volverse áspero.

Vamos directo a Moscú, dijo Román. No vamos a pagar
una fortuna por acostarnos cuatro horas en una cama.
¿Directo? ¿Quieres decir no pasar la noche en Yaroslavl?
No hace tanto frío como esperaba, contestó Román, y no
tengo sueño. Podemos estar allá en dos horas o menos. Me
da igual, dijo Milo, estrujándose los ojos. Fueron los dos al
baño de la cafetería. Tuvieron que sobornar a la empleada
para que los dejara pasar.

El mapa de Yaroslavl se parecía al de Moscú: ambas ciudades estaban constituidas por una serie de anillos concéntricos,
el último de los cuales se conectaba con la autopista.

Román se quedó sorprendido al ver que no era el único
noctámbulo. En la autopista M3 se movían armónicamente
(en direcciones opuestas) las luces amarillas y rojas de vehículos diminutos e inalcanzables. La colosal autopista partía en
dos el horizonte custodiada por las luminarias, que parecían
un incendio geométrico. En el horizonte se insinuaba un
amanecer que no era tal: eran las luces de Moscú.

Bebió un sorbo de café. Milo se había quedado dormido de nuevo con los audífonos puestos. Se escuchaba el sonido inútil de la música de los audífonos. Román olvidó por un instante el frío y el hambre y se sintió parte de algo misterioso que lo superaba. Se trataba de una sensación nocturna y citadina que solo había experimentado antes la primera vez que había viajado a La Habana. Entre los interminables carriles de aquella autopista ahora La Habana se le volvía pequeña. En el horizonte comenzaban a desbordarse las constelaciones amarillas de los suburbios. Y la megalópolis a lo lejos crecía y crecía como si intentara abarcar toda la tierra. Ocho millones de habitantes, es decir, más de cuatro veces la población de La Habana. Prácticamente la población de Cuba.

A las doce de la noche entró por el norte al anillo exterior de Moscú. Bebió otro sorbo de café y despertó a Milo. ¿Dónde te dejo?, le preguntó. Milo le dio indicaciones de cómo llegar a cierto sitio. Entraron a un suburbio residencial. Las tiendas, las cafeterías y los bares habían cerrado. No encontró a casi nadie en la calle, y solo unas pocas ventanas seguían iluminadas. Adivinó que no eran las ventanas de la sala, ni de la cocina, sino las de algunos cuartos. Las barredoras de nieve despejaban las calles a esa hora. Parecían reses noctámbulas de metal. En los jardines quedaba una delgada capa blanca. En un jardín vio un pequeño muñeco de nieve. Román pensó que le habría gustado haber crecido en un suburbio como aquel. Milo le pidió que se detuviera. Abrió el maletero y agarró su maleta. ¿Vas a la casa de tus padres?, preguntó Román. No. Román se despidió, pero no hubo respuesta.

Permaneció unos segundos más con el automóvil detenido. Milo tocó el timbre de una casa de madera de dos pisos. Esperó afuera un rato y volvió a tocar. Esta vez se encendió la luz de un cuarto, un rectángulo naranja por cuyo cristal se asomó después una cabeza curiosa. La persona comprendió de repente quién estaba tocando a esa hora. Bruscamente desapareció, y se escucharon unos pasos rápidos en los peldaños (presumiblemente alfombrados) de una escalera de madera. ¿Román podía escuchar el sonido o solo se lo imaginaba? Abrió la puerta una muchacha joven y hermosa, de dieciocho o diecinueve años, que estaba en ropa de dormir y que apenas le había dado tiempo de ponerse un abrigo. La muchacha abrazó de inmediato al enclenque y le dio varios besos en los labios, rodeando su cuello con ambos brazos, y prácticamente obligándolo a cargarla. ¡Viniste antes!, dijo la muchacha. Ha sido el peor viaje de mi vida, le dijo él sonriendo. Milo sacó un objeto de su bolsillo y se lo mostró. Ella empezó a reír frenéticamente. ¡No puede ser!, dijo. ¡Después de todo lo encontraste!

Dos personas más salieron, quizás los padres de la muchacha. Saludaron a Milo y le hicieron un gesto para que entrara a la casa. Miraron con sospecha el Niva rojo que todavía estaba parqueado frente a su casa.

Román se marchó. Se sentía un poco triste, pero el sueño era más fuerte que su tristeza. En un papel tenía anotada la dirección de un apartamento en un piso trece de la calle Kosmodemyanskiy, en Koptevo, donde podría dormir.

Antes debía entregar el Niva. El parque de automóviles institucionales no quedaba demasiado lejos del edificio. Podría regresar a pie: hacía frío en Moscú, pero ya estaba endurecido por el frío mortal de Komi. Parqueó en una especie de garaje subterráneo y le dio las llaves al hombre de guardia y caminó hasta el edificio arrastrando la maleta.

En el vestíbulo había una recepcionista dormida. Román explicó que debía llegar al día siguiente, pero que había tomado por accidente un atajo. ¿Qué quieres que haga?, le preguntó abruptamente la mujer. Necesito pasar la noche, contestó Román. Señor, estaba planificado que usted llegara mañana por la tarde, dijo la mujer, no puedo darle el apartamento esta noche. No tengo dónde dormir, he hecho un viaje de mil kilómetros... ¿Y qué usted quiere que yo haga? El apartamento que usted me pide está ocupado por otras personas esta noche. Personas que también han viajado desde muy lejos. ¿Quiere que expulse a estas personas, a pesar de que a diferencia de usted llegaran el día planeado a su destino? No estoy diciendo eso... ¿Y qué está diciendo entonces? Olvídelo... ¿Usted es ciudadano soviético? No entiendo la pregunta. ¿Qué parte de la pregunta no entiende? Se la voy a repetir. ¿Usted es soviético? ¿De dónde viene? Soy cubano. Quizás en Cuba las cosas funcionen de otra manera, dijo la mujer, pero en la Unión Soviética nos ajustamos a planes. No, respondió Román, en Cuba las cosas funcionan de la misma manera que aquí, se lo aseguro.

Regresó al parque de automóviles institucionales. Tendría que dormir en el Niva. En la puerta estaba el mismo hombre de hacía veinte minutos. Disculpe, dijo Román, he tenido un problema. Necesito el Niva de vuelta esta noche. El hombre abrió los ojos y frunció las cejas, sobreactuando un lamento. Román supo que a continuación vendría una escena estomagante. Tengo indicaciones muy estrictas, dijo el hombre, una

vez que se entrega un automóvil no puede volver a sacarse.
¡Pero lo necesito!, dijo Román malhumorado. ¡Lo necesito
para dormir! Señor, cálmese, entenderá que en mis manos
no está prestarle un automóvil para que pase la noche. ¡Yo
traje ese automóvil! Es cierto, contestó, pero ese automóvil
no es suyo. Es propiedad de la Komsomol. La perestroika
está muy preocupada por rectificar precisamente este tipo
de problemas: préstamos indebidos y demás. Si mis jefes se
enteran de que le di un Niva a un completo extraño que
no tenía dónde dormir perderé mi trabajo. No me creerán.
Van a pensar que lo alquilé de forma clandestina. Entonces
alquílelo, le dijo Román y le enseñó un rollo de rublos. ¿Está
usted loco? Guarde eso. No voy a perder mi trabajo. Ahora
todo el mundo está siendo vigilado. Ni Galina Brezhnev se
salva. Le pido que se vaya antes de que reporte un intento
de soborno.

Román contempló dos opciones: ir caminando a la casa
en la que había dejado a Milo y pedir dormir unas horas
en el sofá o buscar un callejón en el que dormir como un
vagabundo. Había altas probabilidades de que los dueños
de la casa se negaran a acogerlo, o de que la situación se vol-
viera inimaginablemente incómoda. Daba igual, tenía que
intentarlo.

Caminó durante media hora. Estaba extremadamente
cansado y los párpados le pesaban. No obstante, había demasiado frío como para que pudiera quedarse a dormir en un
callejón sin un pequeño riesgo de que de madrugada bajaran
las temperaturas y amaneciera muerto. Las luces de la casa
estaban encendidas. Al parecer estaban celebrando. Tocó
el timbre. Detuvieron la música, y oyó pasos indecisos y

murmullos. Supuso que estaban viendo por la mirilla quién tocaba.

Le abrió el propio Milo. Hola, dijo, ¿qué pasó? No pueden recibirme en el edificio hasta mañana, y no puedo dormir en el Niva, porque ya lo entregué. ¿Me dejarían pasar la noche aquí? Podría dormir en el sofá o en cualquier sitio, y me iría bien temprano. Milo lo habló con los demás. En realidad todos parecían borrachos. Sobre la mesa de madera de la sala había dos botellas vacías de vodka, y varios platos con arabescos rojos y negros en los bordes. Vamos, entra, dijo. No vamos a dejar que te congeles ahí afuera.

Lo subieron a un cuarto pequeño y polvoriento. Tenía calefacción, eso era lo importante. Román apagó la luz, se dejó caer en la cama (la cama tenía puesta una frazada directamente sobre el colchón) y se durmió de inmediato.

Despertó al otro día porque le tocaron a la puerta del cuarto. Se levantó completamente desorientado. Durante varios segundos no supo dónde estaba. Cuando abrió se topó con la muchacha. Vamos a salir de la casa en una hora, dijo. Si quieres puedes darte un baño y desayunar con nosotros.

Román se dio un baño, pero declinó la invitación a desayunar. Le preguntaron si querían que lo adelantaran a algún sitio. Él contestó que a la Plaza Roja, si no les era mucha molestia. Trataría de hacer turismo en las pocas horas que tenía libres en Moscú. Dijo la Plaza Roja porque era el único lugar de Moscú que le había venido a la mente. Los padres de la muchacha parecían amables. Román se preguntó en qué trabajarían. Su nivel de vida era muy distinto del de cualquier familia que hubiera conocido en la Unión Soviética o en Cuba.

El Volga donde lo habían traído se alejó. Román sacó un mapa de Moscú de la maleta, tan deteriorado como el de la Unión Soviética. En un extremo de la Plaza Roja (que al menos a esa hora se encontraba semivacía) estaba la Catedral de San Basilio, y en el otro, en la esquina de la Avenida Marx, la Catedral de Kazán de Moscú. Las murallas rojas del Kremlin intimidaban de una forma singular: no solo en altura, sino en longitud. La torre con el reloj, como sucedía con la mayor parte de la arquitectura imperial rusa, recordaba nuevamente la ilustración de un cuento infantil: los rasgos exagerados, los colores opulentos, el espíritu medievalesco de ensueño.

Visitó los Almacenes GUM, un complejo de varios pisos terminado en una cúpula de acero y cristal, por cuyas galerías de tiendas circulaban manantiales humanos. Había tantas personas que los gruesos abrigos y sobretodos chocaban entre sí: los corredores se sentían como inmensos armarios de ropa. Desde los pisos superiores se veían los sombreros rusos de tres orejas en hombres, mujeres y niños, los ushankas, y los kubankas de piel de zorro negro, que solo llevaban las mujeres elegantes. A veces alguien tenía que llevar sostenidas las compras sobre la cabeza, porque no había otro espacio, utilizando exactamente los mismos movimientos necesarios para cruzar un río con un niño, teniendo el agua a la altura de la barbilla. Su maleta constituía un estorbo considerable. Román encontró una hermosa fuente en el interior del complejo que estaba rodeada de jóvenes, como si fuera alguna clase de punto de encuentro, y cerca de allí encontró una tiendecilla donde vendían vodka. Compró tres botellas y las metió en la maleta. Peter le había dicho que las necesitaría para sobornar a los obreros de los cruces ferroviarios y no pasar una eternidad en el viaje de regreso.

Siguió caminando por la Avenida Marx hasta la Plaza Lubianka. La nieve de la noche anterior había desaparecido de los techos y los aleros, pero de vez en cuando llovían unos copos de nieve tímidos y fugaces, casi imperceptibles, que eventualmente se convertían en agua. La temperatura oscilaría entre uno y cero grados. Había escuchado que a pesar de que el clima de Moscú era mucho menos frío que el de la Siberia, no se notaba tanto, a causa de la humedad relativa moscovita. Al lado del edificio de la KGB había una tienda gigantesca de seis pisos en la que solo vendían juguetes. Entró al patio interior, que tenía un enorme y hermoso reloj y un techo curvilíneo de cristal. Había una especie de museo del juguete en el que vio algunos de los juguetes soviéticos con los que había crecido en Cuba en los años sesenta. En algunos departamentos ocurrían estampidas de niños rubios de ojos azules, invariablemente cubiertos con ushankas o gorros de lana en terminados en pompón.

Junto a un monasterio vio una iglesia que le recordó a aquella iglesia que había visto en Siktivkar. Las paredes eran de un blanco medieval y moderno a la vez. Moscú tenía infinitas iglesias ortodoxas. Las cúpulas coloridas y pompadourescas sobresalían entre edificios viejos y nuevos, y de alguna extraña forma todo parecía haber sido construido a la vez. Era una sensación que no tenía en ninguna ciudad cubana. Las ciudades cubanas (incluida La Habana) parecían muñecos de trapo, hechos de remedos de otras ciudades. En cambio Moscú (al menos su centro) era indiscutiblemente *una* ciudad. La tosquedad y el exceso premeditados (compartidos

por todas las etapas arquitectónicas: desde los templos orto-
doxos hasta los edificios estalinistas) constituían una forma
de estilización.

Almorzó en un restaurante de poca monta en una entreca-
lle. Los manteles estaban manchados, y los vasos eran de un
cristal marrón de botella. Desde un teléfono público llamó a
la empresa que debía mandar las piezas. Le confirmaron que
estaban siendo transportadas a la terminal de ferrocarriles, y
que saldrían al día siguiente. Le pidieron que estuviera allí a
las siete de la mañana. Lo siento por el incidente de anoche,
le dijeron, ya puedes ir al edificio.

Encontró una estación de metro. El metro de Moscú daba
la impresión de un palacio invadido por una muchedumbre.
De su techo colgaban preciosas lámparas de araña, y estaba
construido con mármol rojo y blanco. Román no tenía idea
de cómo funcionaba. Preguntó a una anciana que caminaba
con un bastón y un pañuelo en la cabeza cómo se pagaba. La
anciana siguió caminando, tal vez no lo había escuchado.
Luego preguntó a un par de hombres que parecían obreros.
Definitivamente ellos sí lo habían escuchado, pero no respondieron. Preguntó entonces a una mujer joven que llevaba
una especie de traje de oficina debajo de un grueso sobretodo
marrón. La mujer no pareció entender el acento y pidió que
le repitiera la pregunta. ¿Cómo se paga el metro?, preguntó
Román. La mujer hizo un gesto nervioso como si ya hubiera
comprendido la bochornosa situación del hombre ojeroso
con la maleta. Con fichas de metro, le contestó y le mostró
unas monedas cobrizas que llevaba en un bolsillo del sobretodo. La mujer parecía cansada, pero trataba de ser amable.
¿Hasta qué estación vas? Román contestó, tratando de pro-

nunciar correctamente el nombre en medio del bullicio. Ven conmigo, dijo la mujer, te pagaré el viaje.

Dentro del vagón hacía calor, y varias personas se quitaron las bufandas o las chaquetas. La mujer permaneció cerca de Román, en silencio. Parecía joven, pero poseía el aura sobria que en Cuba había visto en las mujeres de las iglesias protestantes. De cierta forma esta aura la hacía ver encantadora. No entendía cómo, pero era un hecho. Afuera se desplazaban las luces doradas del túnel a una velocidad tal que apenas daba tiempo a percibirlas. La mujer lo miró con una expresión incierta, como si fuera una persona más en el vagón, como si no hubiera hablado con él hacía un par de minutos, y luego lo dejó de mirar, con el mismo desinterés arbitrario con el que lo había mirado. Román conocía un poco cómo funcionaba, por su propia experiencia: cuando quería mirar a alguien que no debía mirar fingía esa misma expresión casual, y luego regresaba la vista al sitio donde había estado antes. Pero también podía ocurrir que la mujer estuviera tan cansada que esa fuera una expresión permanente. Para Román, la situación resultaba extraordinaria, ya que nunca había estado en un metro. Sin embargo para ella ayudar a un extraño en la estación probablemente fuera una situación cotidiana, del mismo modo que en Cuba él podía olvidar en treinta segundos el rostro de la mujer a la que él le había cedido el asiento en el transporte público. Descubrió que tenía miedo de que la mujer se bajara en la próxima estación. Lo alegró un poco darse cuenta, porque hacía demasiados meses que no experimentaba aquella placentera incertidumbre. Se trataba, desde luego, de una fantasía. Él olía mal y tenía un aspecto lamentable. Además, aparentaba ser mayor de lo que era realmente.

¿Podría desde afuera percibir la mujer ante qué persona tan triste se encontraba? ¿Podría percibir incluso el detalle de que era una persona triste que se encontraba momentánea feliz solo por el hecho de verla? Román tuvo la impresión de que otros pasajeros los habían estudiado a ambos preguntándose si tenían algún vínculo. ¿También aquello lo hacía feliz? ¿Imaginar que al menos para alguien en el vagón su fantasía no fuera una fantasía sino una posibilidad?

La mujer se acercó y le dijo que faltaban tres estaciones para llegar a la que él estaba esperando. Lo dijo con el mismo desgano sospechoso con el que lo había mirado hacía un par de minutos. La lengua extranjera hacía que él no pudiera percibir demasiados matices en lo que la gente decía, al menos no como los percibía en los que hablaban en español. Yo me quedo en la próxima estación, añadió la mujer, y lo miró como esperando una rápida respuesta. Estaban a unos centímetros de distancia, y el metro comenzaba a desacelerar, provocando que tuvieran que agarrarse con fuerza para no caer al suelo. Tenía unos segundos para dar la respuesta correcta. ¿Acaso él se lo estaba imaginando todo? ¿Ella estaba pensando lo mismo que él estaba pensando? ¿Se estaba haciendo las mismas preguntas que él se estaba haciendo, en una especie de juego, en un juego que se trataba de decir una cosa sin decirla, de preguntar una cosa sin preguntarla? Ella abrió la boca de manera nerviosa, tratando de hacer parecer accidental lo que no podía ser accidental. ¿Tienes dónde pasar la noche?, le preguntó mirando su maleta. Mirar hacia el suelo la salvaba de la incomodidad de estar haciendo esa pregunta mirándolo de forma directa. Román tenía una última oportunidad de dar la respuesta correcta. No, contestó con timidez. Mi esposo no está en Moscú, dijo la mujer mientras caminaba hacia la puerta más próxima. Puedes quedarte si quieres.

Afuera había anochecido súbitamente. Había nieve en las cornisas y en los techos, pero aquel mundo silvestre se mantenía en la penumbra. Solo se veía lo que premeditadamente habían querido resaltar las luces eléctricas de la civilización. Un poco de nieve había caído en la acera, y dos niños empezaron una guerra de bolas de nieve, ante la molestia de los transeúntes. Cerca de allí estaba el Edificio Central de Telégrafos. Los focos lo iluminaban desde abajo, dándole una apariencia entre lo sublime y lo malévolo. La mujer vivía en uno de los edificios altos y antiguos de la Calle Gorki. Caminaban sin decir una palabra. Román se sentía ridículo cargando la maleta. Él era la maleta humana de la mujer, por tanto su maleta era la maleta de una maleta.

Antes de entrar en el edificio la mujer miró hacia ambos lados, como previendo que nadie más la observara. Subieron las escaleras. En el agujero de las escaleras estaba acobijado un vagabundo. No había visto vagabundos en Moscú, dijo Román. Eso es porque la mayoría muere durante el invierno, contestó la mujer. Román pensó que su comentario había sido innecesario. Trató de no volver a pensar en el asunto. Antes de abrir la puerta de su apartamento suspiró y miró a Román. Nunca he hecho esto antes, dijo. ¿Se supone que es así? Román sonrió y afirmó con la cabeza. La verdad él tampoco sabía.

Entraron al apartamento. Ella prendió las luces y la calefacción y se sirvió un trago de vodka en la pequeña cocina. Se bebió el vodka empinando el codo, como un marinero, y luego sonrió de forma nerviosa. Le costaba mantener el contacto visual con él. ¿También necesitas uno?, le preguntó, y él volvió a afirmar con la cabeza. A Román le gustó que la mujer preguntara si también *necesitaba* uno, en vez de si quería uno. Román bebió usando el mismo gesto heroico, quizás sobreactuándolo un poco. Ella rió, y él también. Empezaba a hacer calor, pero Román tuvo miedo de que si se quitaba el sobretodo ella pensara que estaba apresurando las cosas. ¿Tienes esposa?, le preguntó la mujer. No, contestó. Hubo un silencio relajado. ¿Te recuerdo a alguien?, dijo ella. No, definitivamente no. ¿Por qué me lo preguntas? ¿Yo te recuerdo a alguien a ti? La mujer no respondió.

Caminaron hasta el cuarto. Se comportaron con torpeza, pero al final ella parecía muy feliz. También era universal la forma en la que las personas parecían felices. Román estaba tirado en la cama, confundido, aunque cautivado. Un edredón le cubría inútilmente los pies. El sudor se le secaba sobre la piel, y comenzaba a sentir frío de nuevo. Disfrutó ver cómo la mujer se vestía: admirar la gracia con la que sincronizaba los movimientos de piernas y brazos, piernas y brazos cuyas medidas ella conocía a la perfección, al punto de saber en qué lugar iban a encajar. Si el antebrazo hubiera sido solo un poco más largo, no habría sido posible cierta maniobra. Los gestos automáticos son los más hermosos de ver, porque solo ellos pueden ser simultáneamente casuales y perfectos.

Por la ventana de cristal del cuarto se veía la ciudad de noche, interrumpida por los garabatos de una nevada imprevista (los copos de nieve eran blancos de día, pero negros por la noche). La mujer encendió el equipo de música e introdujo un casete probablemente pirata. ¿Has escuchado rock soviético?, le preguntó. Sí, contestó Román. ¿Qué te gusta? Me

gusta mucho esta banda... ahora olvidé el nombre... Alisa...
¿Te gusta Alisa?, le dijo la mujer risueña. ¿En serio? ¿Eres esa
clase de hombre? ¡Tienes un pésimo gusto! Román se encogió de hombros. Esto que vas a escuchar es la nueva canción
de Kino. Salió a principios de año. Es mi canción preferida,
aunque solo la haya escuchado una vez antes. Noche, así
se llama. ¿Cómo puede ser tu canción preferida entonces?,
preguntó Román. Decidí no volverla a escuchar, a menos que
fuera necesario, dijo ella. La única vez que escuchamos *realmente* una canción es la primera vez, o quizás la segunda, a
partir de entonces no podemos escucharla nunca más. Surge
una especie de canción impostora: parece la misma, pero en
el fondo uno sabe que no es la misma. Cuando tenía tiempo,
por este motivo, me veía obligada a estar buscando siempre
nueva música. Mi canción preferida siempre era alguna que
todavía no había escuchado. Ahora tengo menos tiempo, y
cuando encuentro una canción que me gusta me aseguro de
no malgastarla. ¿Por eso me trajiste?, preguntó Román. Ha
sido exactamente por eso, dijo la mujer, y comenzó a bailar
descuidadamente, en movimientos tímidos que eran como
la insinuación de otros movimientos más bruscos. El baile
era un baile que nunca terminaba de suceder. La música
que sonaba era suave, muy suave, y poseía una mezcla asom-
brosa de tristeza y de felicidad. En cuanto a mí, siempre he
amado las noches, decía la letra. Y es mi problema si amo
las noches. Y es mi derecho permanecer en la sombra. La
música parecía la expectativa de un instante de éxtasis que
no llegaba. ¿Me dejarás escribirte alguna vez? Ella negó con
la cabeza, sin dejar de bailar, como si se tratara de un asunto
sin importancia.

Él no podía creer que aquella mujer en ropa de dormir, que ahora se burlaba de él y le mostraba música, fuera la mujer lejana que lo había ayudado en el metro hacía unas horas. Lo insólito yacía en que a la mañana siguiente la mujer volvería a ser la anterior, la del metro, cuando ambos bajaran las escaleras. Y después de despedirse volvería ser la de antes de eso incluso, es decir, volvería a ser una desconocida, dejaría de existir para él, desaparecería. Pero ahora le bailaba con una felicidad adolescente, como si hubieran dormido juntos por años como mejores amigos, y no hubiera nada que ocultar. ¿Me trajiste para que te viera bailar, verdad? Soy una mujer tímida, no puedo bailar a menos que alguien me esté viendo. Román se sintió más triste y más solo que nunca, y sin embargo no quería salir de ese estado, deseaba que se prolongara indefinidamente. Deseaba que una parte suya se quedara en aquel cuarto hasta el fin de los tiempos. Sin importar cuán engomada fuera esa idea, se dio cuenta de que era lo que quería, ni más ni menos. No sé cómo voy a vivir el día siguiente, decía la canción justo antes de terminar.

❧

En la estación de trenes se encontró con un soviético, que le explicó el contenido de las cajas y que lo hizo firmar un par de papeles. La estación estaba repleta de gente. Román preguntó si era normal. Es sábado, le dijo el hombre, la gente viene del campo sábados y domingos para comprar comida en Moscú. Te deseo la mejor suerte en el viaje, añadió mientras le ponía la mano sin guante en el hombro.

Almorzó un sándwich que le había preparado la mujer. Estaba profundamente cansado, pero todavía feliz. Su entorno le parecía irreal. Los cajones de acero de los vagones chocaban con las ramas de los árboles. El suelo bajo sus botas temblaba y chirriaba, y también las paredes, y el techo. Tal vez no haya asaltantes, pensó Román, tal vez el tren sencillamente se vaya desarmando solo por el camino.

Se acurrucó junto a la pequeña ventana, con el abrigo más grueso que había llevado. Podía sentir el frío y la dureza del metal a través de la piel del abrigo. La noche anterior se alejaba. Trató de reconstruirla en su cabeza, escena por escena, para no perderla. El tren salía del bosque y se abrían estepas interminables frente a sus ojos. La palabra estepa en ruso significaba desierto. Arrecifes montañosos cubiertos de nieve se insinuaban a lo lejos, en el borde del mundo, contra los cuales rompían nubes negras que iban más allá del horizonte, como mares y continentes gaseosos, desvinculados de los asuntos de la tierra.

El tren viajaba lento, a Román le parecía que una persona en bicicleta podría alcanzarlo. Cuando se aburría volvía a pensar en la mujer, en los detalles de su cuerpo y de su voz. Después de que terminara la canción de Kino, la mujer había ido por un poco de agua (había puesto un libro debajo del vaso, para que no se manchara la madera, él recordaba aquella acción casual), y se había bañado y había puesto instintivamente el despertador del reloj (un reloj redondo de plástico, con dos campanillas como dos grandes orejas metálicas), y se había acostado. Y él se había quedado viéndola dormir. Ella tenía el cuerpo de una niña grande, y se vestía como una mujer mucho mayor, una persona obligada a madurar rápido

por sus circunstancias. ¿Se había casado antes de tiempo?
¿Lo había buscado porque se sentía sola? ¿Qué había querido
decir exactamente con aquella frase, que como era una mujer
tímida no podía bailar sola?

Cuando los raíles atravesaban alturas se veía desde la ventana la imagen aérea del bosque, que parecía haber sufrido un
cataclismo, cientos de miles de árboles deshojados y cubiertos por una escarcha que era como una lepra blanca. En el
cielo las nubes negras ensayaban relámpagos que a su vez
reproducían la ramificación de los árboles. El sonido llegaba
deformado, carcomido por la madera y la piedra enferma.
El chirrido del vagón no lo dejaba dormir. Pronto iba a anochecer: tal vez con la oscuridad su mente lograra apagarse.
Se frotaba las manos para luchar contra el frío. No quería
soñar con nada, quería ese sueño que era como una muerte
reversible. Quería estar muerto por unos días hasta que el
tren llegara a Udora.

Por la noche despertó porque algo lo mojaba. La oscuridad era absoluta. Escuchó el sonido de la lluvia golpeando
el techo del vagón. Se apartó, para huir de la gotera. Aquella
constituía la primera lluvia que presenciaba desde enero. El
agua estaba helada, quizás a unos pocos grados por encima
de la congelación. Los relámpagos mostraban paisajes de
pesadilla por milésimas de segundo.

Logró dormir de nuevo, y despertó cuando el tren llegó
de madrugada a una estación fantasmal. Tomó sopa en la
cafetería de la estación. Por suerte llevaba una jarra metálica
en el equipaje (solo despachaban la sopa si la persona llevaba
en qué tomarla). De vez en cuando tenía que escupir discre-
tamente fragmentos de huesos que encontraba en la sopa. La

cafetería era una especie de comedor obrero maloliente. Las mesas estaban sucias y regadas, y del baño que quedaba al lado salía una laguna pestilente. Solo había otro cliente, una mujer vestida en harapos que cargaba a un niño pequeño. La mujer tendría treinta y tantos, parecía loca, y miraba paranoicamente a su alrededor como si esperara que alguien fuera a asesinarla. Había un plato vacío cerca de ella. Los dependientes la ignoraban. Román pensó en preguntarle si estaba bien, pero le molestaba la idea de no poder hacer mucho por ella, y que la pregunta constituyera un protocolo gracias al cual se sintiera mejor consigo mismo después. Antes de irse le preguntó al dependiente si ella estaría bien. El dependiente, un hombre repugnante, le sonrió y le preguntó si ella le *interesaba*, como si le estuviera haciendo una propuesta.

Los días pasaban entre sueños inquietos, vigilia en la que volvía a pensar en la mujer de la Calle Gorki, y en la mujer y el niño de la cafetería (los ojos de la mujer en particular, que le provocaban miedo y lástima), breves conversaciones con otros hombres en las estaciones, paisajes tristes, oscuros y uniformes, solo interrumpidos por eventuales formaciones geológicas, minas y ciudades industriales que vertían terribles cantidades de hollín al aire. Jamás había visto algo semejante: chimeneas que se alzaban como rascacielos. Las nubes que veía elevarse hasta la estratósfera salían de las chimeneas como monstruosos genios de lámparas árabes, y en la punta de las chimeneas había en ocasiones llamas colosales, como faros.

En los cruces el tren de carga podía esperar durante horas hasta que pasaran los trenes de pasajeros. Decidió hacer lo que le había sugerido Peter, y sobornar a los operarios con vodka. Casualmente se ponía a fumar junto a ellos, les sacaba conversación y le regalaba una botella a cada uno. Luego se quejaba del tiempo que llevaba en aquel vagón, y les preguntaba si había algo que ellos pudieran hacer. Siempre accedían. Uno de los operarios, no obstante, le dijo que no acostumbraba a saltarse las reglas, porque hacía unos años había ocurrido un accidente terrible. Un amigo que estuvo allí me dijo que nunca en su vida había visto tanta sangre, le comentó el hombre. Gracias por el vodka, es una manera de no congelarse aquí. Todos somos como tú, ¿sabes? Todos estamos tratando de sobrellevar lo insufrible.

No consiguió bañarse, y sentía mucha hambre, y a medida que el tren avanzaba hacia el norte el frío empeoraba. Había dejado de preguntar por cuál pueblo iban: era mejor no saber. Ya las luces de Moscú estaban muy lejos, y el recuerdo de la mujer de la Calle Gorki comenzaba a perderse. Y en su destino, de cualquier forma, tampoco habría una cama cómoda, tendría que volver a cargar troncos en la nieve. Su único momento de auténtica recuperación sería en la casa de Peter, pero ahora difícilmente iban a darle días libres.

A los ojos de muchos cubanos, él había pasado unas vacaciones espléndidas en Moscú, mientras ellos hacían el trabajo duro. Cuando Pablo salía del campamento por algún motivo eso era lo que se comentaba.

Se preguntó cómo estaría su hermano. Lo imaginó sudando en una llanura naranja a mediodía. El uniforme desabrochado, la cantimplora vacía, los pies repletos de llagas. Pero no imaginó a su hermano con miedo.

III.
LOS MESES DE SOL

En el cielo la inclinación del eje terrestre dejaba ver nuevas constelaciones, y los días ya no terminaban a las tres o a las cuatro, sino a las seis y a las siete. Las bicicletas aparecían recostadas a las cercas de las casas del sur de Blagoevo (en un pequeño barrio de madera que Román no había visto durante sus primeras visitas a la ciudad), listas para paseos y mandados, y los campesinos se apresuraban a preparar la tierra para aprovechar al máximo las venideras temporadas de sol.

Las lluvias de primavera cortaban la nieve como navajas. La tierra se saturaba de agua y se hacían arroyuelos en el bosque blanco, que presagiaban el rebrote de los hongos y las flores silvestres. Los charcos reflejaban el cielo como espejos y reflejaban a contraluz las diminutas hojas que les nacían a los abedules. Las imágenes del bosque recobraban los detalles perdidos en la blancura del invierno.

El barro de primavera podía ser tan molesto como la nieve. A los camiones Kamaz les costaba trabajo llegar de un sitio a otro, y los leñadores tenían que bajarse constantemente para remover el barro, aunque fuera por un par de minutos, hasta que las ruedas quedaran aprisionadas de nuevo. Regresaban del trabajo cubiertos de fango endurecido. Algunas manchas nunca se le caían a la ropa. Cuando empezaba a llover el trabajo debía interrumpirse, un resfriado en aquella zona se podía complicar en una neumonía mortal.

Se hablaba del nuevo campamento y de las fiestas por venir. Las aves regresaban del sur, y las familias soviéticas empezaban a salir de caza (se escuchaban a veces los disparos a lo lejos).

Valeriano y otros cubanos se bañaron en el río Vashka con dos soviéticos, que les contaron que por esas fechas era una especie de ritual para ellos. El agua estaba mucho menos fría que en invierno, pero aun así su simple tacto petrificaba a los cubanos. Pablo los reprendió después: les preguntó si estaban tratando de enfermarse a propósito para no trabajar.

Aprovechando el feriado del 9 de mayo Peter lo invitó a una especie de picnic en el bosque. Las hojas de los abedules habían crecido, y en el suelo brotaban yerbas y flores. La humedad inundaba el bosque con un olor peculiar, intenso. Habían oído que hacía diez grados de temperatura. Los rayos del sol se colaban entre las ramas de los abedules y les creaban salpicaduras de luz sobre la ropa y sobre la piel.

Caminaron hasta encontrar un lugar apropiado sobre el cual poner el mantel y la cesta. Lara, la esposa de Peter, había conseguido una botella de vino para ellos, y había llevado jugo para el niño. Lara llevaba una cinta en la cabeza, una chaqueta, una blusa, y una saya larga de flores doradas sobre fondo negro, que era lo que más llamaba la atención. Peter, otra chaqueta, una enguatada roja con cuello de tortuga, unos pantalones de mezclilla y unas botas altas de cuero. El niño era el más abrigado. Le habían puesto un gorro terminado en pompón y ropa de poliéster de invierno. Román usaba la ropa de invierno con la que había llegado a Siktivkar en enero (adecuada tal vez para Moscú, pero no para un invierno en Komi).

Román, tengo que confesarte algo, dijo Peter. Le conté a Lara sobre tu aventura en la Calle Gorki. No entré en detalles, no te preocupes. En cualquier caso tú tampoco entraste en detalles conmigo. Quizás te la encuentres de nuevo, dijo Lara. No creo, respondió Román. Ni siquiera me dijo su nombre.

¿Cómo se conocieron ustedes?, preguntó Román. Peter y yo nos conocimos en un mercado, aquí en Blagoevo, dijo Lara. Me contó que era un recién llegado y me pidió mil consejos, fingiendo no saber hablar bien ruso. Pensó que iba a parecerme más interesante si creía que apenas podíamos comunicarnos. Se equivocó, yo estaba acostumbrada a la presencia de los búlgaros. Había crecido viendo llegar e irse a trabajadores forestales búlgaros. Si él no me podía hablar en ruso, yo le podía hablar en búlgaro a él. ¡Doy clases en búlgaro a los niños! En algún momento se dio cuenta de su error y me confesó que sabía hablar ruso, que solo estaba fingiendo para ligar conmigo. Todavía no entiendo cómo me convenció para ir a dar un paseo en bote por el río Vashka. Quizás me di cuenta de que su plan había sido tan estúpido que no había por qué temerle. Un tipo que cree que un plan así va a funcionar no puede tener demasiada experiencia seduciendo mujeres soviéticas, pensé. Probablemente tampoco mujeres búlgaras. Peter es torpe y tierno, y sabe hablar sobre cualquier cosa. Sabía hablar de ajedrez, lo cual me impresionó. ¿Te gusta el ajedrez?, le preguntó Román. Me encanta el ajedrez, contestó Lara, pero te advierto que no soy tan buena. Yo tampoco, dijo Román. Podemos jugar cuando quieras.

Hay un ajedrez en tu bolso, dijo Peter. Si quieren pueden jugar ahora. Sacaron un tablero que se doblaba a la mitad y acomodaron las piezas de madera (luego Román comprobó que Lara siempre llevaba el ajedrez en el bolso). Las piezas no estaban demasiado trabajadas. Los caballos no parecían caballos, sino perros. Lara venció a Román en unos pocos movimientos. Dio el jaque mate presionando la pieza en la casilla de destino, como si se hubiera propuesto encajarla en el tablero. ¡Eres muy buena!, dijo Román. Lara es la mejor jugadora de ajedrez de Blagoevo, dijo Peter. Los viejos van a la casa a desafiarla, y regresan cabizbajos. El ajedrez es para los soviéticos lo que el dominó es para ustedes.

¿Has sabido algo del nuevo campamento?, le preguntó Román a Peter. No he sabido nada, contestó, solo sé que te voy a echar de menos. Ya no compartiremos una cabaña, pero podemos vernos de vez en cuando, dijo Román. Peter se demoró en contestar. No lo digo por el nuevo campamento, dijo. Te voy a echar de menos porque dentro de un mes voy a regresar a Bulgaria. Román no supo cómo reaccionar. ¿Y ustedes?, preguntó. Lara y Peter se miraron con una complicidad protocolar. Nada dura para siempre, dijo Lara, encogiéndose de hombros.

El niño jugaba con las piezas de ajedrez. Peter había tenido que recoger las que había dejado regadas.

Debí recordar cuando se hizo pasar por alguien que no sabía ruso que había cosas peores en un hombre que ser un seductor, dijo ella. ¿Qué cosas?, preguntó Peter. Ser un mentiroso, contestó con una sonrisa ambigua.

❦

El nuevo campamento fue construido entre los soviéticos y los propios leñadores cubanos. Era mucho más pequeño que el campamento de los búlgaros. Carecía de electricidad, y se veían obligados a almacenar el agua potable en unos tanques veteranos cuyas paredes interiores se descascaraban y llenaban el agua de partículas intrusas. Los soviéticos les explicaron que ese campamento solo serviría para un par de semanas y que no valdría la pena derrochar recursos. Ya no hace tanto frío, dijeron los soviéticos, la electricidad no va a hacer ninguna diferencia.

Los techos, mal construidos, tenían goteras (lo cual era un problema grave en época de lluvias), y las cabañas eran tan pequeñas que parecían retretes, semejantes a los que tenían muchas casas en las zonas rurales de Udora, lo cual limitaba la movilidad del hombre que la habitaba. Las malas condiciones de los retretes auténticos del campamento, a su vez, propiciaba que los cubanos defecaran en el bosque. Cavaban un pequeño agujero y cubrían las heces con tierra.

La comida que les mandaban mejoró. La dieta pudo finalmente diversificarse con frutas y vegetales frescos. En invierno solo les llegaban de vez en cuando cargamentos con frutas y vegetales congelados, que parecían haberse podrido mientras estaban en congelación. Casi la mitad de los huevos que ahora les llegaban, sin embargo, seguían estando podridos. Valeriano habló con Pablo para que los devolvieran, pero los soviéticos les explicaron que lo mismo pasaba con los huevos que vendían en los mercados comunes y corrientes. ¿En Moscú pasaba eso?, le preguntaron los otros cubanos a

Román. Nunca compré un huevo en Moscú, contestó. No tengo idea.

Durante los días libres en Blagoevo los hombres trataban desesperadamente de ligar con mujeres soviéticas, e incluso con mujeres búlgaras (frecuentemente casadas), lo cual resultaba incómodo y comenzó a generar tensiones y a cambiar la opinión que algunos soviéticos y búlgaros tenían de los cubanos.

En el apartamento de Blagoevo los cubanos se entretenían viendo la televisión en blanco y negro y hablando sobre las mujeres soviéticas. Hacían jerarquías de arquetipos de belleza, comparaban sus preferencias étnicas y confesaban sus fantasías. En realidad había pocas anécdotas, casi ninguna. Las mujeres soviéticas que con la primavera remplazaban los gruesos abrigos por vestidos más ligeros estaban interesadas en otros hombres. Las ciudades de Udora, que habían reprimido el apetito sexual durante meses, celebraban sus desaforados rituales al margen de los cubanos.

Los búlgaros iban hace tiempo a un sitio..., le dijo Peter. No me preguntes. Nunca supe dónde. Y tampoco sé si todavía existe. Creo que hubo un pequeño escándalo hace un tiempo. Piénsalo de la siguiente forma: los trabajadores de la empresa forestal tenemos sueldos relativamente altos, y no tenemos en qué gastarlos, muchas mujeres jóvenes soviéticas no tienen trabajo... ¿no viste prostitutas en Moscú? No, contestó Román, creo que tampoco habría sabido reconocerlas, pero en una estación de vuelta a Udora me pareció... no estoy seguro. Pues te informo que Moscú está lleno de prostitutas, le dijo Peter. Por aquí es muy raro verlas, pero en Moscú... Lo peor es que a veces son niñas, tienen catorce o quince años. Hay turistas occidentales que las buscan. En las zonas rurales las muchachas se casan muy jóvenes, y algunas van a Moscú y deciden cobrar por lo que en sus pueblos tendrían que hacer gratis, con un marido insufrible.

¿Lara es la única mujer soviética con la que has estado?, le preguntó Román. Sí, contestó, creo que no me ha interesado ninguna otra. Me duele mucho separarme de ella. Pero mi contrato se vence y... no puedo hacer una vida aquí. Estoy físicamente agotado. Parezco más viejo de lo que soy. ¿Te has dado cuenta de que unos meses en la industria maderera te deterioran como si hubieran pasado años? La mayoría de los búlgaros solo estamos veinticuatro meses, no más... Conocí a sus padres y todo, hice el ritual puritano soviético.

¡Los soviéticos son muy puritanos!, gritó Román riendo, como si hubiera esperado largo tiempo a que alguien más lo dijera. Son empecinadamente puritanos en la televisión, y en los actos oficiales, y en los trabajos, dijo Peter, pero ya ves cómo se divierten en los bosques. Y en las ciudades te sorprendería descubrir en cuántos sitios lo hacen. ¡Cuánta creatividad! Hay una doble vida: la represión de la sexualidad en la vida pública provoca una voracidad que termina satisfaciéndose en secreto.

¿En Bulgaria es mejor? Peter soltó una larga carcajada. ¡Para nada! ¡Es muchísimo peor! ¿Por qué crees que me fui? Pensé que esto sería como en Occidente, no entiendo qué me estaba pasando por la cabeza.

Un día un automóvil desconocido se parqueó frente al apartamento donde se quedaban los cubanos en Blagoevo. Se bajaron dos soviéticos de entre cuarenta y cincuenta años. Se parecían físicamente entre sí, tal vez fueran hermanos o primos. Vestían con jeans y enguatadas. En menos de un minuto subieron las escaleras y tocaron a la puerta. Pablo les abrió. ¿Cómo puedo ayudarles?, preguntó tartamudeando. Sabes muy bien por qué estamos aquí, respondió uno de los soviéticos, ¿dónde está él? ¿Dónde está *quién?*, dijo Pablo y llamó a Román para que tradujera. Los dos tipos entraron a la casa abruptamente sin que Pablo los hubiera invitado a pasar y se pusieron a examinar los cuartos, como si supieran muy bien lo que buscaban. Los cubanos que estaban en la sala en el sillón desflecado naranja se levantaron y fueron con los soviéticos a ver cuál era el problema. ¿A quién buscan?, les preguntó Román. Los soviéticos no le hicieron caso. Por fin encontraron en el baño a quien buscaban. Su nombre era Aldo, el médico de la brigada. Antes de que los demás cubanos pudieran sujetarlos lo agarraron y lo tiraron al suelo. Aldo tenía los pantalones bajados.

¿Qué les hice?, les preguntó Aldo desde el suelo, aterrorizado. Los cubanos sujetaron a los soviéticos. Hicieron falta seis para inmovilizar a dos. Diles que nos suelten, le pidieron a Román, nos vamos a calmar, pero primero suéltennos. Román tradujo. Los soltaron. ¿Qué les hizo él?, les preguntó Román. Uno de los soviéticos dio un paso al frente. Mi esposa trabaja como vendedora en el mercado, dijo, este tipo lleva dos semanas yendo al mercado a diario, no compra nada, solo va a hacerle gracias. Ella ha empezado a ponerse nerviosa. Al principio no me lo quería decir, tenía miedo de que yo creyera que había pasado algo entre ellos... Yo confío en mi esposa. Traduce cada palabra que estoy diciendo: si se vuelve a acercar a ella va a regresar a Cuba sin dientes.

Valeriano regresó más tarde ese día. Le contaron lo que había pasado. Al parecer querían su protección. ¿Pero qué estabas haciendo en la tienda?, le preguntó a Aldo. Yo solo me quedaba mirándola, yo pensaba que ella estaba nerviosa porque yo le gustaba, no sabía que estaba casada… ¿Quién te crees que eres…?, le dijo Valeriano molesto. ¿Ustedes se creen que esta es la mafia italiana, que me voy a meter en un problema por alguno de ustedes? Están equivocados si creen eso. Valeriano suspiró y dio un golpe en la pared. Tú no te aparezcas más por esa tienda, y si esos dos regresan no hagan nada ustedes, me buscan a mí.

∽

El trabajo de traductor de cartas amorosas dejaba a Román en una posición comprometedora. Sabía los secretos de todos los cubanos: a quiénes habían escrito, quiénes habían respondido. Había tenido que escribir varias cartas seguidas a mujeres desconocidas que no daban respuesta, situación triste de la que más nadie se enteraba, pero que seguía siendo desalentadora. El emisor de la carta sabía que Román sabía, y lejos de mantener con él una disposición de gratitud, solía mantener una distancia hecha de vergüenza y humillación. Para finales de mayo ya ninguna mujer soviética contestaba, pero muchos cubanos insistían. Pablo los criticaba con dureza, estaba orgulloso de su fidelidad a su esposa en Cuba. Los demás hablaban a sus espaldas que en cualquier caso él sabía un poco de ruso, y que si enviaba cartas a una amante podía hacerlo sin que nadie más se enterara.

Valeriano le pidió a Román que le tradujera una carta a una mujer que vivía en Siktivkar. Al parecer Valeriano había tenido algo con ella en septiembre del año anterior, antes de que hubieran empezado las auténticas labores de tala. Fue una carta breve, pretendidamente amistosa, en la que se mencionaban un par de situaciones encriptadas con las que de seguro él intentaba provocarle alguna clase de nostalgia. Él también sentía vergüenza, porque la carta anterior que le había enviado hacía meses (en la que insinuaba la posibilidad de verla en primavera) no había sido respondida, pero a diferencia de los demás cubanos, Valeriano se había referido explícitamente al hecho. No me respondió la carta anterior, admitió a Román, pero quiero hacer un último intento... ¿podrías ayudarme?

Una semana y media después de enviar el último intento, a inicios de junio, los cubanos celebraron en Blagoevo la respuesta de la mujer. Valeriano se paseó por todo el apartamento alzando la carta como un silencioso trofeo. Los otros contemplaban atónitos la carta con una mezcla de envidia y admiración. Se la llevó a Román y le pidió que la tradujera en voz alta. Nunca antes Valeriano (ningún cubano, en realidad) había leído una respuesta en voz alta. La respuesta era tan breve como la carta. Decía que lo extrañaba y que nunca iba a olvidarlo, y que en cuanto tuviera la oportunidad planificaría un reencuentro. El público escuchaba eufórico cada palabra. Al terminar la carta hubo aplausos y manotazos en la espalda de Valeriano. Román estaba confundido, costaba trabajo sumarse al entusiasmo colectivo. La caligrafía de la carta resultaba tosca y poco cuidada, y la mujer había escrito en un ruso fallido, que contenía errores ortográficos y gramaticales.

La persona que había escrito esa carta definitivamente no había sido la misma que había escrito las anteriores.

Mientras los demás celebraban emborrachándose con vodka, Román elaboró dos posibles explicaciones. La primera era que la carta constituyera una broma maliciosa. La segunda, que la hubiera escrito el propio Valeriano, y que se la hubiera dado a alguien más para que la tradujera. Así los otros lo habrían visto como a un héroe. Un problema de la primera explicación radicaba en que como broma no parecía lo bastante *malvada*, en cualquier caso no habría quedado terminada hasta que no hubiera otra carta que lo invitara, por ejemplo, a encontrarse ambos en un lugar y una hora específica (una típica broma adolescente, poco probable). El problema de la segunda explicación yacía en que Román no tenía pruebas hasta ese momento de que Valeriano poseyera un carácter tan infantilmente calculador. ¿En verdad él estaba consciente de la imagen que proyectaba, hasta el punto de usar artimañas tan retorcidas y patéticas para mantenerla? ¿Hombres adultos sometidos a condiciones tan extraordinarias regresaban su pensamiento a una edad escolar, regresaban a un sistema de relaciones primitivo, en el cual la realidad estaba hecha de sobreactuaciones y juegos de roles?

Aldo se acercó a Román. También había permanecido callado mientras los otros celebraban. ¿Notas algo raro en la carta?, le preguntó. Román se demoró en responder. Observó el rostro nervioso de Aldo, el rostro de alguien que estaba a punto de entrar en pánico, pero que se contenía. ¿Qué quieres decir? Nada, no quiero decir nada. Te lo pregunto porque no sé nada de ruso, y me da *curiosidad*... Román tuvo que pensar rápido. Aldo podía ser el autor de la carta, el bromista.

Si era el caso, ¿por qué preguntar algo que ya sabía? Podía preguntarlo para comprobar si él se había dado cuenta de que la carta era falsa. ¿Y si el plan de Aldo era que él, el traductor, se diera cuenta, lo sospechara, lo comentara a otros y dejara en ridículo a Valeriano? Resultaba un plan demasiado elaborado... ¿Y si por el contrario Valeriano había falsificado él mismo la carta a través de otra persona, y Aldo se hubiera enterado, y ahora quisiera su verificación para humillarlo? En cualquier caso, mostrar una duda sobre la autenticidad de la carta iba a perjudicar a Valeriano. ¿Por qué sentía el impulso de proteger a una persona a quien no le debía nada? ¿De dónde la había nacido esa lealtad no recíproca? La carta no tiene nada de raro, contestó Román. Aldo parecía desolado por aquellas palabras.

En pocos días la atmósfera de esperanza que había llevado la carta a Valeriano se disipó. El trabajo y el descanso del trabajo seguían ocupando la mayor parte del tiempo. Román seguía sin dominar la motosierra. Le tenía miedo. En invierno un cubano había estado a punto de perder una mano entre sus dientes. Tuvieron que coserlo sin anestesia (los soviéticos raras veces aplicaban anestesia). Se recuperó, pero la mano no volvió a tener la destreza de antes, y con el frío le dolía cada cierto tiempo.

Cuando talaban por error un árbol cuya base estuviera podrida corrían grave peligro, porque podía desplomarse en cualquier dirección. En primavera, no obstante, ya habían aprendido a reconocer aquellas barrigas hinchadas y huecas.

Los leñadores seguían disfrutando el espectáculo del derribamiento de los pinos. Primero se balanceaban por el viento como gigantes mareados, hasta que definitivamente se inclinaban hacia donde les indicaba la cuña de dirección (la incisión con forma de cuña que se les hacía en la base). Al inicio el follaje se deslizaba entre los demás follajes con tanta suavidad que el derribamiento parecía inofensivo, pero después de atravesar un ángulo de cuarenta y cinco grados el tronco terminaba de quebrarse por su parte más débil y la caída se aceleraba, y concluía con un gran estruendo, después del cual siempre se escuchaban chiflidos y gritos victoriosos.

La niebla naranja del aserrín permanecía en el aire por varios minutos. En las sesiones de tala más prolongadas, en las que se talaban quince o veinte árboles, se creaban auténticas nubes, que coloreaban la ropa y afectaban los pulmones. El olor de la madera era corrosivo para la nariz, y no se dejaba de sentir hasta después de muchas horas.

Algunos acontecimientos marcaban y animaban sus conversaciones: dos aviones caza que atravesaron el cielo en una ocasión, el anuncio de la posibilidad de que se les unieran más cubanos en los próximos meses, los oídos sordos ante las quejas de que los campamentos carecieran de electricidad, el paulatino mejoramiento en las relaciones entre cubanos, búlgaros y soviéticos, la partida de algunos cubanos y de algunos búlgaros. En el campamento se supo que a Pablo le habían ofrecido la oportunidad de regresar a Cuba y de tener un buen puesto, pero que lo había rechazado, había dicho que no se iba hasta ver con sus ojos que los cubanos tuvieran buenas condiciones de trabajo. En vez de suscitar comentarios de admiración, muchos se burlaron de él, y dejaron claro que de estar en su situación habrían aceptado regresar a Cuba. Otros dijeron que a fin de cuentas Pablo nunca iba a conseguir mejorar las condiciones de trabajo.

La última vez que Román vio a Peter fue en la casa de Lara. Prepararon una gran cena, a la que fueron otros dos búlgaros que Román no conocía. Peter apenas tuvo tiempo para hablar con él. Buena parte de la conversación fue en búlgaro. Lara de vez en cuando le traducía fragmentos a Román. Peter estaba demasiado borracho como para notar su presencia. Parecía una persona desconocida. Román entonces se dio cuenta de que no conocía *realmente* a Peter, y que cuando regresara a Bulgaria él iba a olvidarlos a todos. A fin de cuentas Peter había viajado a tantos sitios, había conocido ya a tanta gente... Mientras los otros hablaban, Lara y él establecían breves contactos visuales, y Román se preguntó si ella estaría pensando lo mismo. El niño se había aburrido rápido y se había marchado. Los amigos búlgaros de Peter también estaban ensimismados en su conversación. Durante la cena habían manchado el mantel blanco con la salsa de la carne. Román se había percatado de que a Lara le había molestado ese pequeño descuido. La primera mancha la había quitado usando hielo, tratando de parecer amable, pero se dio por vencida cuando hubo una segunda y una tercera. Las miraba a cada rato, mientras los demás hablaban, y luego miraba a Román.

Tal vez el mantel constituía una reliquia familiar, o tal vez lo había fabricado ella misma: sus bordes tenían dibujos hechos con hilo también blanco. Molestarse en bordar formas del mismo color del fondo, con la obvia consecuencia de que casi nadie las notara, implicaba una alta sensibilidad que no parecía corresponder con la de una producción industrial (preocupada por mostrar rápidamente al comprador su lujo). Román se fijó en la nariz y en el arco de las cejas de Lara, y pensó que definitivamente ella era una mujer de sutilezas, alguien que podría bordar en hilo blanco sobre fondo blanco. Alguien que decoraba la vida sin que nadie le diera las gracias.

ↄↄ

Después de la partida de Peter la soledad lo sacudió como no lo había hecho hasta entonces, ni siquiera durante las noches del invierno. Había llegado el verano y se aburría terriblemente cuando no trabajaba. Los días con sus extensas horas de sol se volvían eternos. Había aprendido que los leñadores trabajaban como bestias no para ser eficientes, no para llevar más madera para Cuba, sino para cansarse más y dormir mejor. El cansancio les impedía entristecerse.

Las nuevas temperaturas le permitieron emprender paseos más intrépidos entre las jornadas de trabajo. Cuando estaba en las afueras de un pueblo, solo entre miles de árboles que tendrían entre cien y doscientos años de edad, tallaba mensajes en los troncos con una navaja. Tenía que quitar primero las oscuras escamas disecadas del tronco de pino, que prácticamente se caían solas, como escaras, y tallar en la madera vulnerable que quedaba debajo, de un rojo músculo. Alguien vive en Koslan, escribía en ruso, cuando estaba cerca de Koslan. Alguien vive en Usogorsk, escribía cuando estaba cerca de Usogorsk. Las líneas rectas de la tipografía eran fáciles, pero las curvas salían imperfectas. La madera supuraba resina, que en unas horas se petrificaba y le daba un involuntario relieve al texto.

La afirmación de los mensajes sería cierta solo si alguien leía los mensajes. Solo si alguien vivía en Koslan se podría leer el mensaje que afirmaba que alguien vivía en Koslan (el verbo se refería no a la residencia, sino a la condición fisiológica), si nadie vivía no habría forma de calificar la afirmación de falsa, puesto que sin nadie leyéndola la afirmación no habría sido postulada.

∽

Lo único interesante que seguía encontrando en su camino era la naturaleza, la exploración de sus ciclos e irregularidades.

En invierno el sol salía a las nueve de la mañana y después de trazar un pequeño arco imaginario volvía a esconderse a las tres de la tarde, en un punto del horizonte que no estaba muy lejos del punto de donde había salido. En verano, en cambio, la noche duraba unas pocas horas: eran las llamadas noches blancas, de las que se hablaba en el trópico como si se tratara de un hecho milagroso. El sol daba vueltas en el cielo como un ave tonta y mientras tanto el cielo adquiría colores asombrosos, que iban desde el dorado hasta el magenta. Los soviéticos estaban acostumbrados, les daba igual.

En primavera y en verano el suelo se llenaba de campanillas azules y de bayas de diferentes tipos. Román empezó conociéndolas por sus nombres rusos, tardó un tiempo en traducir los nombres, porque a veces tenía que usar como intermediario un diccionario de ruso-inglés, cuando no aparecían las palabras en el diccionario de ruso-español. Del inglés entonces las pasaba al español usando un diccionario de inglés-español que había comprado en Cuba. La zarzamora parecía una pequeña nube naranja, había sido la primera que había llamado su atención. También crecían moras y arándanos. Los soviéticos preparaban una bebida con los arándanos, que almacenaban en tarros de cristal de diez litros.

En sus paseos se había topado con campesinos soviéticos. Con uno de ellos, un anciano llamado Timofei, entabló una especie de amistad. Se conocieron porque Román lo encontró recogiendo leña de entre los restos de la tala de los cubanos. Había ramas que no servían para los propósitos de la empresa forestal, pero que por su tamaño y su forma resultaban excelentes para avivar el fuego (los propios cubanos las usaban para las estufas de sus campamentos). Timofei al principio intentaba justificarse: no estaba robando, y no pretendía revender la madera, la tomaba solo para su consumo personal. Román le dijo que no había problema (por si acaso, tampoco se lo notificó después a Pablo). El anciano entonces lo invitó (¿para sobornarlo?) a su casa, le dijo que allí comería mucho mejor que en los nuevos campamentos que se estaban armando.

Román aceptó la invitación y al día siguiente comió en la cabaña de madera del viejo. Vivían con él mujeres, fundamentalmente. Todos tenían sangre komi. Le dijeron que hablaban la lengua komi, pero que no profesaban la religión ortodoxa, ni practicaban ninguna clase de ritual mágico (esta aclaración lo hizo sospechar que quizás en algún momento tal cosa había constituido un problema para ellos). La comida era buena, y la familia de Timofei era amigable. Al final Román se dio cuenta de que no lo habían invitado para sobornarlo, sino porque sentían curiosidad. Nunca habían hablado con un cubano. Le dijeron que cerca de allí se celebraría una boda, que podía asistir si así quería. Peter le había dicho que las bodas komi eran peculiares, y estaban llenas de pequeñas ceremonias tradicionales. Román tuvo francos deseos de asistir, pero declinó cortésmente la nueva invitación. Les preguntó, no obstante, si podía visitarlos de vez en cuando. Ellos dijeron que sí.

En una carta a los padres les mencionó algo extraño que Timofei le había contado: a los komi no les gustaba que se silbara en sus casas.

ও

Vistas desde una elevación las puntiagudas copas del bosque parecían los filos superpuestos de infinitas sierras de carpintería, que ondulaban en montañas y en valles. Los bosques que talaban eran de pino, fundamentalmente, que eran los árboles más altos (alcanzaban los sesenta metros en ocasiones), pero también había abetos y abedules. Una vez había visto un árbol curioso que parecía un sauce llorón. Le dijeron que era una especie de abedul siberiano.

En el suelo crecían yerbajos de los que nunca se aprendió el nombre. Había un tipo de yerbajo albino, formado por lo que parecían árboles diminutos, una miniatura de bosque, que podía cubrir terrenos sorprendentemente grandes.

En estos terrenos a veces encontraba setas silvestres. Los rusos recolectaban en cubos un champiñón blanco comestible, que preparaban de diferentes maneras. En primavera y en verano encontraba muchos ancianos solitarios en el bosque, de la edad de Timofei, que llenaban cubos con setas y con bayas. Sabían bien, y la colecta resultaba entretenida, pero a veces él se ponía a pensar que la comida en aquellos parajes sencillamente escaseaba.

Una vez encontró otra cabaña komi en el medio del bosque. Su dueño había dejado la puerta abierta. En un fogón rústico humeaba un caldero en el que se hervían unas coles. No había más nada de comer en la casa. Román recordó que llevaba encima veinte rublos (con la inflación de los precios, producto de las reformas económicas, ya no representaban tanto), los dejó sobre una mesa y salió rápido de allí antes de que llegara el dueño.

వ

En septiembre Valeriano volvió a recibir otra carta de la mujer de Siktivkar. Tenía la misma caligrafía de las primeras. La mujer lo invitaba a un encuentro en Koslan, y hacía referencia a la carta anterior, la que Román había tomado por una carta falsa. ¿Cómo era posible? Valeriano se veía auténticamente feliz. Su temperamento se había amansado.

Después del regreso de su encuentro en Koslan Valeriano no quiso hablar más del tema. En realidad no quiso hablar de ningún tema. Trató de aislarse, y hasta llegó a desaparecer por un par de días. Cuando volvió Pablo se abstuvo de reprimirlo. Román lo encontró junto al fuego al anochecer, al borde de una pequeña llanura de estepa donde terminaba el bosque que talaban en ese momento. El viento transportaba polvo, cenizas y agujas de pino secas. Las chispas del fuego daban saltos y brillaban en el aire azul oscuro por unos segundos antes de apagarse. Román se sentó junto a él. No se atrevió a decirle nada.

Valeriano entendió por qué Román estaba ahí, y decidió hablar él. Nos vimos por última vez, dijo. ¿Te has dado cuenta de que...? Yo no le estaba pidiendo nada, Román. Quizás porque no tenía nada que ofrecerle. No sé qué hice mal. Prefiero pensar que hice algo mal. En tal caso yo habría tenido la culpa. Puedo soportar la culpa. Lo que no puedo soportar es esta idea terrible de que... nunca tuve control de lo que iba a pasarme. ¿Entiendes? Prácticamente nos hablábamos por señas. Soy tan... No sé qué pensar...

Pudiste aprender a hablar ruso, le dijo Román. Puedes usar eso como consuelo. Saber ruso no me iba a servir de nada, contestó Valeriano sonriendo. Ella no sabe ruso tampoco, es polaca. Tiene que pedir a otras personas que le traduzcan mis cartas, y que le escriban las suyas.

La explicación del asunto de las cartas se le reveló a Román de repente. ¿Cómo no se le había ocurrido?

¿Por qué estaba en Siktivkar si no sabía hablar ruso?, le preguntó a Valeriano. Su esposo... contestó. Yo estuve con una mujer en Moscú, le dijo Román, nunca supe su nombre, también tenía un esposo... Supongo que las mujeres que se interesan por nosotros siempre tienen un esposo, dijo Valeriano. Deberíamos dejar nosotros de interesarnos por mujeres casadas, contestó Román en un tono burlesco e inconscientemente triste. No podemos prometer una vida normal a las que no están casadas, ese es el problema, dijo Valeriano. No entiendo por qué Pablo se quedó en Komi. No se lo digas a nadie, Román, pero después de todo admiro a ese tipo...

❧

Había pasado meses sin ver a Lara cuando se la topó en Blagoevo, junto a la puerta de la escuela primaria donde trabajaba. La saludó alzando la mano. Lara hablaba con otras dos
mujeres que parecían madres de alumnos, pero le devolvió el
saludo, ligeramente inquieta, como si quisiera explicarle que
en aquel preciso instante estaba ocupada, pero que deseaba
hablar otro día. Las otras dos mujeres se voltearon y miraron
a Román, de abajo hacia arriba, y luego miraron a Lara, como
preguntándose qué vínculo existía entre ellos. Lo conozco
por Peter, dijo ella con rapidez. Román siguió caminando y
no escuchó nada más.

Por allí todavía había niños que jugaban entre ellos con
el uniforme puesto, pero sin pañoleta (la pañoleta constituía
la pieza más importante: sin ella ya no eran alumnos, sino
niños comunes y corrientes). El uniforme en las escuelas
de la Unión Soviética era el mismo que había en Cuba. No
había que preguntarse siquiera quién había copiado a quién.
Tenía entendido que era el mismo que usaban también en
Corea del Norte.

Se encontró de nuevo con Lara a inicios de septiembre.
Román fue con Pablo a la fiesta de cumpleaños de un anciano
soviético que vivía en el mismo edificio donde ellos tenían
su apartamento. Pablo y el anciano habían entablado una
saludable amistad de vecinos, el anciano a veces ayudaba
a los cubanos con algo de comer o de beber, y a veces los
cubanos le movían un mueble o le arreglaban una tubería.
Le cantaron felicidades y sopló las velas, y unos segundos
después tocaron a la puerta. Lo siento, ¿he llegado tarde?, dijo

una voz femenina, que Román inmediatamente identificó como la de Lara.

Al parecer el cumpleañero jugaba ajedrez con Lara a menudo. Ella le regaló un gorro tejido a mano. El anciano se lo probó: estaba notablemente emocionado al ver tanta gente en su casa. Lara y Pablo jugaron una partida de ajedrez. Pablo se puso sus pequeños espejuelos. Daba la impresión de que constituían un artefacto mágico que elevaba la inteligencia de aquel que los portara. Se rascaba la cabeza de vez en cuando, mientras sus labios formaban un puchero de duda. Lara lo venció pronto. Pablo le dijo que era buena, muy buena. El anciano del cumpleaños contestó desde el otro lado de la sala que no tenían idea de cuán buena era.

La música de la fiesta, en ruso, le recordó a Román la sonoridad de las canciones románticas en español que él detestaba. En un instante en el que quedaron solos le preguntó a Lara si la música del anciano era buena o mala, le explicó que a él le costaba diferenciar una cosa de la otra según el gusto de los soviéticos. Ella le respondió que no sabía nada de música. ¿Has escuchado Kino?, le dijo Román. ¿Esa no es la banda que te mostró la mujer de la Calle Gorki? Sí, he buscado otras canciones, es muy buena... Me acabas de decir que no sabes si la música en ruso es buena o mala... creo que te gusta porque te recuerda a ella. Román se encogió de hombros.

Yo le gusté porque le recordé a alguien más, dijo Román. Esa parte no me la contaste. No te la conté porque me avergonzaba un poco. ¿Por qué iba a avergonzarte? Román se volvió a encoger de hombros. Mira, mi historia es peor, fui usada como facilitadora de hospedaje por un búlgaro. Le dije a la gente que nos habíamos cansado el uno del otro. Tú omitiste información, yo mentí descaradamente. Lo siento por hablar de Peter. ¿Te ha contestado alguna carta? No, dijo Román. A mí tampoco.

Un grupo de personas que rodeaban al anciano del cumpleaños hizo señas a Lara para que fuera con ellos. Antes de irse le dijo una última cosa a Román. Si quieres darte un baño digno o descansar un rato en el sofá sin que nadie te ponga los pies en la cara puedes venir a mi casa, aunque Peter no esté. Después de todo nosotros también éramos amigos.

IV.
LA CINTA ROJA

En otoño la jornada de trabajo se acortaba, porque la noche
llegaba pronto. Al terminar, cuando el cielo estaba oscu-
reciendo, los cubanos juntaban restos de madera y hacían
fogatas para calentarse un poco. Sentados en círculos hablaban sobre sus familias y contaban historias. No importaba
que una historia fuera mentira, lo que importaba era llenar
las horas.

Cuando no había nadie el bosque era tan silencioso que
Román literalmente podía escuchar los latidos de su propio
corazón. Las noches las pasaba acobijado en su cama, con el
radio encendido. Había una emisora en español que sinto-
nizaba aunque no le interesara lo que estuvieran poniendo,
solo para sentir alguna compañía. Nunca se acostumbró del
todo a que no hubiera prácticamente aves pequeñas, o al
menos que no se vieran ni se escucharan. Tampoco había
ranas ni lagartijas. Una vez había visto un zorro entre los
árboles. Parecía un perro rojo con la cola de un gato. No era
muy grande.

Los cubanos estaban molestos porque les habían prohi-
bido pescar truchas en el río, así como llevar armas, a pesar
de que allí extraoficialmente tanto los soviéticos como los
búlgaros las llevaran.

Los osos pardos merodeaban los bosques y constituían
una amenaza real. Los cubanos habían dependido antes de la

protección de los búlgaros, pero ahora ni siquiera trabajaban juntos. Tampoco los búlgaros tenían permitido portar armas, pero las autoridades se hacían de la vista gorda. Llevaban más tiempo allí que los cubanos, parecerían más confiables.

En expediciones secretas algunos cubanos iban a pescar truchas al río. Los palos de pescar se conseguían en el mercado negro de Siktivkar. Una vez que los campamentos se alejaban de las aldeas lo suficiente sentían que podían tomarse ciertas libertades.

Valeriano consiguió una escopeta de caza en el mercado negro. Estaba hecha para cazar aves: el cartucho se rompía en el aire y liberaba los perdigones, para abarcar un área mayor. Si alguien dice algo a los soviéticos le vuelo la cabeza, dijo Valeriano en voz alta, tratando de hacer sonar la amenaza como una broma. Una tarde de verano regresó del bosque con dos patos. Los agarraba por las patas y las cabezas se balanceaban descocotadas. La brigada celebró el botín. Los desplumaron y los asaron en la hoguera, condimentados solo con sal. Valeriano era el único en la brigada que sabía destripar rápido un animal, ya fuera un pez, un ave o un mamífero. Sabía cocinar bastante bien, además, teniendo en cuenta los pocos materiales de los que disponía.

Con el paso de los meses los otros cubanos le insistieron para que les prestara el arma. No gasten las balas por gusto, decía Valeriano, los cartuchos son caros y difíciles de conseguir. Nunca cazaban nada, ya para noviembre las aves habían emigrado de esa zona. Consiguieron un perro viejo que había sido de los soviéticos. Supuestamente estaba entrenado para la caza, pero no tuvieron oportunidad de verlo en acción.

❦

El tronco del abedul se distinguía de inmediato por ser blanco con rayas negras, además de delgado y en extremo recto. Una espina blanca de pescado a la que le salían hojas. El espectáculo más formidable sucedía por esas fechas, cuando los bosques de abedul se teñían de amarillo y naranja. La imagen de los árboles idénticos entre sí producía una extraña sensación ocular. La perspectiva se perdía, y el bosque daba la impresión de carecer de profundidad. La vista quedaba desorientada asimilando el extraordinario despliegue de color.

Bajo el azul del cielo había follaje donde se intercalaban el marrón oscuro, el rojo, el naranja, el negro, el amarillo y el amarillo limón de los árboles que todavía guardaban algo de vida. Las hojas amarillo limón aún no se secaban ni se desprendían, y tenían un tacto gomoso, como el de una hoja verde. Las hojas marrones eran delgadas como papel cebolla, y se podía ver a través de ellas el esqueleto de la hoja, que parecía el dibujo primitivo de un árbol.

Dos de la brigada de tala invitaron a Román a merodear por el bosque, por si todavía quedaba algún ave extraviada (los soviéticos les contaron que en ocasiones las bandadas olvidaban a algún ejemplar, y el ave tenía que resolvérselas por su cuenta). Valeriano les dijo que tuvieran cuidado con los osos.

Según el mapa el campamento estaba más cerca de Vendinga que de Blagoevo. En un momento en el que nadie lo estaba viendo, Román talló uno de sus mensajes en el tronco de un abedul. Alguien vive en Vendinga, decía el árbol. Entonces otro de los cubanos le lanzó una piedra pequeña y le hizo señas para que no hiciera ningún ruido. Román tuvo miedo de que fuera un oso, pero no: entre la madera atigrada del bosque, a unos veinte metros, se divisaba la cornamenta de un reno.

Los tres se acercaron. Hoy tenemos suerte, dijo uno de ellos, y cargó el arma. Al entrar en la cámara la bala producía un sonido parecido el crujir de un hueso, el crujir de un hueso metálico. No creo que esté bien..., dijo Román, sujetando los hombros de los otros dos con sus manos. Eres un cobarde, le contestó el tercero, que hasta ese momento había mantenido la boca cerrada. Se acercaron sigilosamente, tratando de no ser vistos. Cuando estuvieron a una distancia de nueve metros el reno levantó la cabeza. Su movimiento había sido el de una criatura majestuosa. Una criatura que nunca había temido.

Los perdigones impactaron en varios puntos de la piel, y el animal cayó al suelo destrozado por la metralla. El sonido del disparo había sido poco limpio. El reno temblaba en el suelo. Le faltaba un ojo y parte del hocico. El hueso blanco y húmedo del cráneo sobresalía en el músculo sangrante. El rojo era tan intenso que casi parecía rosado. Le sangraban también el cuello y las costillas. No podía levantarse, quizás por el dolor, o porque los cuernos no lo dejaban. Sigue vivo, dijo uno de ellos, apuntándole a la cabeza con el arma. Las patas del reno se sacudían en el aire, golpeando a un enemigo imaginario. No gastes otro cartucho, contestó el otro, y sacó un cuchillo.

Después de degollar al reno se dieron cuenta de que pesaba demasiado como para cargarlo en una sola pieza. Román se tiró junto a un tronco, conmocionado por la sangre. El suelo del bosque parecía balancearse bajo sus pies. Los otros dos discutieron qué parte del reno se llevarían. Decidieron cargar los perniles y la cabeza. Cortar los perniles demoró al menos un par de horas. Su falta de habilidad resultaba penosa, más allá de lo repugnante que se viera de por sí la escena. Terminaron con la ropa bañada en sangre. Miraron a Román, que seguía con náuseas junto al tronco. Haces lo que sea por no trabajar, ¿verdad?, le dijo uno.

Cuando se aparecieron en el campamento cubiertos de sangre (la sangre seca había petrificado sus pantalones, guantes y abrigos) algunos preguntaron horrorizados qué había pasado. Alguien lamentó que no hubiera una cámara, para tirarse una foto junto a la cabeza desfigurada del reno. Alguien más contó que había reservas de renos en algunos bosques de Cuba. No, hay venados, pero no renos. Esto jamás lo vas a encontrar en Cuba, contestó un tercero.

El disparo se había escuchado en el campamento. Valeriano se bajó de uno de los camiones y preguntó quiénes habían matado el reno. Los dos idiotas levantaron la mano. No es lo mismo cazar patos que cazar un reno, dijo mientras le arrebataba el arma al que la llevaba encima. Los renos a veces tienen dueño. ¿Dónde está el resto del animal?, preguntó. Respondieron que lo habían dejado en el bosque. Pues encuéntrenlo y entiérrenlo. Y háganlo rápido antes de que caiga la noche.

Valeriano se quedó mirando la cabeza del reno de una manera misteriosa. Nadie en la brigada podía adivinar nunca lo que estaba pensando. Descubrió que había una diminuta cinta roja de tela atada a uno de los cuernos del reno. La sangre la había vuelto invisible. Preguntó por Román en voz alta. ¿Los rusos hacen eso cuando un animal es de ellos?, le preguntó. No sé los rusos, contestó Román, pero tal vez sea un reno de los komi que viven al norte. Pudo extraviarse del rebaño y venir a parar a este sitio. Valeriano suspiró y se estrujó los ojos con rabia. Yo nunca había visto un reno, dijo.

Por la noche junto al fuego nadie se atrevió a mencionar el tema, a pesar de que comieron la carne asada. Los que lo habían matado regresaron tarde y se fueron a dormir sin comer. Román había desatado la cinta roja del cuerno del alce y se la había amarrado a su cinturón. No sabía muy bien por qué lo había hecho.

✑

Fue a la cabaña de madera de Timofei, y preguntó si era costumbre para ellos amarrar una cinta roja en la cornamenta de los renos. Le contestaron que no, al menos no que ellos supieran. Una anciana le dijo que si alguien le había atado una cinta al reno no había sido para marcarlo como ganado, sino que probablemente le había cogido afecto al animal. Aquella podría haber sido una forma de diferenciarlo de cualquier otro reno que hubiera en el bosque.

En las casas con ascendencia komi se les tenía un particular respeto a las ancianas. La cultura komi había empezado siendo matriarcal, según tenía entendido. Había pasado a ser patriarcal durante la cristianización, pero algo quedaría de los inicios. Se notaba la autoridad que tenía aquella anciana dentro de la casa.

La agresividad del clima hacía que la separación entre la casa y la naturaleza fuera mucho más notable que en regiones tropicales. Estar dentro o fuera de la casa significaba a menudo la diferencia entre la vida y la muerte. Salir de la casa, incluso a las labores más cotidianas, como recoger leña o pescar truchas en el río, implicaba siempre cierto peligro. Se salía para buscar cosas que se hacían necesarias para la preservación de la propia casa.

La casa era un terreno robado a la naturaleza. La propiedad de los seres humanos en las ciudades se definía por contraposición a la propiedad de otros seres humanos. Sin embargo, la propiedad en aquellas zonas se definía por contraposición a la propiedad de la naturaleza. Era del hombre todo lo que el hombre pudiera hacer suyo. Y la naturaleza a veces reclamaba los troncos que ardían en la hoguera. La nieve que caía invisible en la noche buscaba esos troncos que habían sido en principio suyos.

☙

El niño de Lara le preguntó a la madre si cuando él fuera a la escuela ella sería también su maestra. Lara le contestó que ella era la maestra de los niños búlgaros. ¡Yo quiero ser un niño búlgaro!, exclamó el niño entonces. Pero para ser un niño búlgaro tienes que saber hablar búlgaro, le dijo Román. El niño lo miró con odio y bajó la cabeza, y pronunció una frase en voz baja. Yo sí sé hablar búlgaro... ¿De verdad sabes?, le preguntó Lara. A ver, di algo en búlgaro. El niño hizo silencio. Vamos, lo animó Román, di algo en búlgaro. El niño levantó la vista y los observó cuidadosamente a ambos. No, respondió. No sabes hablar búlgaro, dijo Lara fingiendo decepción. ¡Sí sé hablar búlgaro!, repitió el niño.

Le mencionó lo del reno a Lara y le mostró la cinta roja que llevaba en el cinturón. Peter me contó que los búlgaros habían cazado varios renos, dijo Lara. Lo que hacían era atropellarlos después de muertos, y anotaban las muertes en los registros como accidentes. Nadie les decía nada, creo. A veces los dirigentes soviéticos vienen a cazar con sus familias, tampoco es que tengan demasiada moral como para reprocharnos algo.

El hijo de Lara le volvía a preguntar por Peter cada vez que lo veía. No estaba seguro de qué le había dicho ella, así que Román trataba de evadir la pregunta. Después de bañarse y de comer veía televisión con ellos y hablaban un poco. Esa noche el niño se había dormido temprano y los dos decidieron jugar ajedrez mientras tomaban vodka. La partida fue larga: esta vez a Lara le costó trabajo vencer, aunque desde luego lo consiguió a fin de cuentas. Román se dio cuenta de que algo estaba sucediendo, pero no estaba seguro de qué. Se preguntó si ella lo invitaría por primera vez a quedarse a dormir sin la presencia de Peter.

Hay algo que debo decirte, Román. Me avergüenza un poco. Te tengo mucho afecto, y eres bienvenido, pero algunas personas... hablan de nosotros. ¿Quieres decir...? Sí, piensan que nosotros... Lo siento, dijo Román, no vendré de nuevo. Puedes venir, le rectificó ella, solo que no con tanta frecuencia. Me da mucha pena contigo, Román, es que tengo que seguir mi vida, ¿sabes? Y contigo viniendo... Es un pueblo pequeño, todo se habla. En Moscú sería distinto, en Siktivkar también sería distinto. Hasta he pensado que tú y yo habríamos podido... Pero tú regresarás a Cuba, como mismo Peter regresó a Bulgaria. Si tuviéramos veinte años no importara, pero ahora... Román le tomó las manos y le dijo que no había problema, y luego se las soltó. Yo también pensé eso que tú pensaste, dijo.

Se despidieron cordialmente. Román regresó al apartamento con los demás cubanos. No pudo dormir.

&

Recibió una carta de Héctor, un viejo amigo cubano que trabajaba para el CAME y que ahora funcionaba como intermediario comercial entre Cuba y la Unión Soviética. Héctor le contaba de Moscú. Las transformaciones que se estaban haciendo en la televisión, en la prensa, en los comercios, la nueva vida que se asomaba en ciertos sitios. Le contó además que había escuchado sobre su viaje heroico en carretera de Udora hasta Moscú, y en un tren de carga de Moscú a Udora, y que al parecer la historia (que lo mostraba como un hombre responsable, paciente) había despertado la simpatía de *ciertas* personas.

Román escribió una carta a los padres. No les mencionó el incidente del reno por razones obvias. Les contó que estaba bien, que a veces sentía un frío insoportable, pero que otros la estaban pasando peor, y que se las verían mucho más negras cuando entrara el invierno otra vez. Les describió el otoño. Lo más impresionante es cuántos matices alcanza a tener el bosque, decía la carta. Amarillo brillante, naranja tostado, rojo tierra, y el musgo que trepa por los troncos sigue siendo verde, como si para él las estaciones no existieran. Todo lo que encuentro es soledad, pero he aprendido a estar bien con eso.

V.
LA HISTORIA DEL CAVIAR

En noviembre de 1986 le llegó una invitación inusual: habría una pequeña celebración para conmemorar los quinientos años de la fundación de Yortom. La carta no decía celebración, sino *actividad*. Los camaradas no hacían celebraciones, sino actividades. Yortom, explicaba la carta, era una aldea komi al norte de Blagoevo. Le dijeron que debía seleccionar a otro cubano para que lo acompañara, y que de momento no podría decir nada al respecto a los búlgaros. Román escondió la carta y pasó el resto de la tarde pensando en cuáles personas serían las más indicadas. Se olía que iba a ir gente importante del lado de los soviéticos. Peces gordos, como los llamaba Héctor.

Poco antes de la celebración de Yortom se encontró con Héctor. Se vieron en Usogorsk, en una casa en la que se quedaban a dormir los funcionarios del Partido Comunista, lo que los rusos llamaban dasha. Tenía televisión a color y calefacción, y era una de las pocas casas de la zona que no estaban hechas de madera, sino de hormigón (aunque el techo a dos aguas sí era de madera). Le sirvieron té en una taza de porcelana. Llevaba un año tomando té en jarras de metal abolladas, y por un instante la taza se sintió extraña en su mano. Le costaba mantenerla en equilibro sobre el platillo.

Héctor vestía como ahora se vestían los soviéticos en Moscú, siguiendo la moda occidental. Dentro de la casa había una agradable temperatura de veinticinco grados. Afuera ya habrían descendido las temperaturas a menos cinco o a menos seis grados. Todas las mañanas el suelo amanecía con escarcha. Héctor se quejó del frío infernal que había sentido por la noche. No sabes nada, le dijo Román, en los campamentos hemos estado a menos cuarenta grados a principios de este año.

Un poco de té se le derramó en el platillo. Cuando inclinaba un poco el platillo el té se movía como azogue, amenazando con manchar el pantalón o el asiento.

Hablaron sobre la perestroika. Es muy raro, dijo Román, creo que en Komi no se ha sentido tanto, al menos no en Blagoevo. En Moscú no se habla de otra cosa, le contestó Héctor. La gente está desesperada por ver el cambio, llevan demasiados años en crisis. Se cansaron del culto a la personalidad de los dirigentes soviéticos, de la escasez de ropa y comida, de la vieja propaganda anticapitalista. Gorbachov le está dando a la gente lo que le gente pide, pero la gente no lo quiere. Esto me desconcierta. Occidente le aplaude los cambios, pero los soviéticos no. Sencillamente lo insultan y le piden todavía más cambios. ¿No te parece una locura? El gran problema de los pueblos acostumbrados a adorar a caudillos está en que luego, si el próximo presidente no resulta ser un caudillo, el pueblo no lo quiere. Si el pueblo descubre que el presidente permite que se burlen de él sin represalias, entonces el pueblo lo detesta.

¿Qué crees que deba hacer Gorbachov entonces?, preguntó Román. No tengo idea, pero te aseguro algo: sin importar lo que Gorbachov haga, este país está perdido. Los soviéticos creen que han tocado fondo. Para nada. Me he equivocado, y solo ahora entiendo que los años más oscuros están por venir. El país está demasiado dividido, demasiado ciego, ha caído en una vorágine de la cual ya no puede escapar. La única razón por la que los peces gordos soviéticos le han permitido a Gorbachov emprender las reformas ha sido su firme convicción de que iba a fracasar. Y cuando Gorbachov fracase, los únicos que van a salir ganando serán ellos. El país ya es suyo, en términos funcionales. Ahora solo falta que sea suyo en términos legales.

¿Y Cuba?, preguntó Román. Cuba es como Komi, dijo Héctor, ni se ha enterado de lo que está pasando, o por lo menos actúa como si no se hubiera enterado. Lo más triste es que probablemente ya esté enterada. Hay muchas publicaciones soviéticas que están dejando de circular en Cuba, eso debe darnos una idea. Cuba tiene la misma historia que la Unión Soviética, solo que con treinta o cuarenta años de retraso. Nos tocará sufrir lo mismo, ya lo verás. Pero ahora nuestras preocupaciones son otras.

Román se acercó a Héctor y le habló en voz baja. ¿Cuáles son nuestras preocupaciones?, preguntó. ¿Las tuyas y las mías, dices?, respondió Héctor. No, las preocupaciones de Cuba. Buenos, es verdad, dijo Héctor, todavía nosotros estamos en una etapa en la que podemos hablar de algo tan abstracto como las preocupaciones de Cuba. Nadie puede hablar actualmente de las preocupaciones de la Unión Soviética sin sonar como un imbécil. Nuestras preocupaciones como país son cerrar tantos convenios como podamos con los soviéticos, ahora que estamos a tiempo. Llevar para Cuba cuanta madera podamos, cuanto petróleo podamos, cuanta carne podamos. Por eso es importante que se firme formalmente

el convenio forestal. ¿No está firmado?, preguntó Román.
Está firmado un convenio de adiestramiento, dijo Héctor,
no un convenio de explotación forestal. ¿Y eso qué significa?
Héctor respiró profundo antes de contestar. Significa que
ni una sola tonelada de toda la madera que los cubanos han
estado talando y talarán durante lo que queda de año en
Komi irá para Cuba.

La primera reacción de Román fue actuar como si se tratara de una mala broma. Puso la taza de té en la mesa que
tenía al lado. Mis fuentes me lo han confirmado antes de
venir a Usogorsk, dijo. No estoy autorizado a decirle a nadie,
pero confío en tu discreción. ¿Y para qué se supone que hemos
estado talando entonces?, preguntó Román, tratando de contener la indignación. Héctor dejó escapar una sonrisa triste. A
finales de año los soviéticos les explicarán a los cubanos que se
trataba de un entrenamiento, de una prueba. Les mostrarán
unas cifras sacadas de la nada que probarán que en realidad
los campamentos madereros estaban dando más pérdidas que
beneficios, y les dirán que si Cuba quiere explotar la riqueza
forestal de la Unión Soviética tendrá que hacerlo en Sukpai,
en la parte oriental, la parte más inhóspita del país.

¿Más inhóspita que Komi?, preguntó Román, incrédulo.
Sí, mucho más inhóspita que Komi. ¿A dónde irá la madera
que estamos talando ahora? Irá a parar a las exportaciones de
una empresa privada soviética. ¿Una empresa privada *legal*?
Una cooperativa de un pez gordo soviético. ¿Cómo sabes eso?
Porque da la casualidad de que el pez gordo es un cercano
amigo mío que vive en la Avenida Kutuzovsky. No me mires
con esa cara. Todos velamos por nuestras propias *preocupaciones*. Si quieres ayudar a Cuba tienes que convencer a los

demás de que este entrenamiento era necesario, convencerlos de que no se quejen demasiado, para que se firme el convenio grande. Los soviéticos saben muy bien en qué condiciones están talando los cubanos. Precisamente los han dejado en esas condiciones inhumanas para que se quejen y no se firme el convenio grande. El motivo de que no quieran esto último es que sus empresas privadas no verían ninguna ganancia en ello. Pero Cuba sí vería una ganancia. Necesito que entiendas esto, Román. Cuba necesita importar todo lo que pueda de la Unión Soviética antes de que suceda el desastre.

No puedo ocultar esto a los cubanos por dos meses, dijo Román. Tienes que hacerlo, o no trabajarán más. Y si no trabajan más lo que han trabajado el resto del año habrá sido por gusto. No se firmará el gran convenio. No irá un solo tronco de madera para Cuba. Piénsalo de la siguiente forma, Román: en el fondo ellos tampoco se beneficiarían de la madera que han cortado, en caso de que fuera a parar a Cuba.

¿Y si sencillamente renuncio?, preguntó Román. Si renuncias serás un apestado en Cuba el resto de tu vida, contestó Héctor. Te achacarán el fracaso de la misión. Te dirán cobarde, escoria, y otras palabras que seguramente conoces. Si yo fuera tú tampoco me quejaría con los peces gordos soviéticos en Yortom. No caería en la trampa. Eso es precisamente lo que buscan, recuerda. Habrá un malentendido. Todas las partes te culparán. Los demás cubanos, a quienes les estarías sirviendo de voz, negarán haberse quejado jamás de los acogedores albergues sin electricidad en los cuales los soviéticos los alojan en medio del bosque. Los soviéticos dirán que trataste de sabotear una actividad de suma importancia para los komi. Se quejarán de ti, y en Cuba te mirarán con

desconfianza. ¿En Cuba saben que lo que talamos en Komi
irá para otra parte?, preguntó Román.

Héctor soltó un largo suspiro de condescendencia. ¿Qué
tú crees?, dijo, y volvió a servir en las tazas. Mientras servía
el té variaba suavemente la altura de la tetera, jugando con
la longitud y la precisión del chorro. Probablemente habría
visto a alguien hacerlo en una película.

¿Sabes quiénes fueron los hermanos Petrossian?, le preguntó Héctor. Román negó con la cabeza.

Los hermanos Petrossian fueron los responsables de la
popularización del caviar como comida de lujo en Occidente,
dijo. A inicios de siglo las aristocracias occidentales no cono-
cían el caviar. Era un plato raro, sin demasiada demanda. Solo
la aristocracia rusa comía caviar. Con el triunfo bolchevique
la aristocracia huyó a París. Una vez que logró asentarse,
durante los años veinte, comenzó a extrañar las exquisite-
ces de antaño. Rusia acababa de terminar su guerra civil,
estaba desesperada, y Lenin había impulsado la Nueva Política Económica, un sutil regreso a viejas formas capitalistas,
aquello en realidad fue la primera perestroika de la Unión
Soviética. ¡El tiempo es terriblemente circular! Los hermanos
Petrossian, en vez de quedarse de brazos cruzados como los
otros aristócratas rusos del exilio, vieron en esta situación una
oportunidad de negocios. Hicieron un trato con su temido
enemigo, Vladimir Lenin, gracias al cual pudieron exportar
el caviar ruso (ahora soviético) a Occidente. Presentaron el
producto en la Exposición Internacional de París de 1925,
y a la larga no solo consiguieron que la antigua aristocracia
zarista les comprara el caviar soviético, sino que también lo
hicieran las aristocracias europeas. Los hermanos Petrossian

empezaron con un pequeño establecimiento en el boulevard de la Tour-Maubourg y terminaron forjando el imperio del caviar. El trato que había empezado Lenin fue ratificado por Stalin, a pesar de que Stalin retrocedía la perestroika leninista, y la razón fue muy simple: para él también resultaba un excelente negocio.

Quizás esta historia te produzca numerosos sentimientos encontrados, y de manera general la historia del caviar te parezca una historia sucia, pero te daré mi punto de vista. Cada época de quiebre le da a un número determinado de personas la oportunidad de ser Melkoum Petrossian, o Moucheg Petrossian. La mayoría se resistirá a serlo, está claro, por prejuicios morales. Aquellos que se atrevan, aquellos que se sobrepongan a sus prejuicios morales en el momento correcto, se lo llevarán todo. Yo quiero ser uno de los Petrossian. Si no lo soy yo, otro lo será en mi lugar. Una vez que se tenga dinero, se podrá ser un filántropo, se podrá ser un hombre generoso. ¿Qué estoy diciendo? ¿Se podrá? ¡Se *deberá*! Yo quiero convertirme en un hombre generoso, Román. Si no tienes nada, ¿qué tan generoso puedes ser? ¿Crees que se puede ser generoso talando árboles por unos cientos de rublos? ¿Te parecen los cubanos con los que trabajas hombres generosos? Solo son hombres convencidos de que ganarán algo de dinero, convencidos de que al regresar a Cuba las revistas y los periódicos los mostrarán como héroes del trabajo, convencidos de que en 1995, cuando los cubanos funden ciudades en la Unión Soviética como lo han hecho los búlgaros, las personas les agradecerán su esfuerzo. No sé si el socialismo siga existiendo en la Unión Soviética en 1995, pero ¿sabes qué seguirán existiendo? Los bosques ¿Y sabes qué más? ¡La demanda de madera! Así que la empresa forestal CUBALES probablemente siga existiendo. Pero para que esas ciudades se funden en la Siberia hace falta que los cubanos completen el entrenamiento. Necesito que confíes en mí. Haz hecho un buen trabajo hasta ahora. Síguelo haciendo y serás parte de la empresa en el momento correcto. Sé uno de los hermanos Petrossian. ¿Confías en mí, Román?

Confío en ti, respondió, pero no confío en... Hay otro chisme que te quería contar, dijo Héctor. Una buena noticia. Me llegan rumores de que los cubanos no están contentos con Pablo, su secretario del PCC. No lo respetan, el tipo es un tartamudo... van a liberarlo del cargo. Y están pensando quién poner en su lugar. Están pensando en ti, Román. Eres un tipo *probado*, te has esforzado muchísimo, te llevas bien con los trabajadores, eres inteligente, y estás preparado en términos profesionales: estudiaste ingeniería forestal y ruso después de todo. ¿Seré secretario del PCC de la brigada? Puede ser, o quizás de la empresa, cuando se firme el convenio grande. Podrías convertirte en el secretario del PCC de CUBALES. No tendrías que trabajar en los bosques de Sukpai, solo tendrías que hacer inspecciones y visitas de vez en cuando. Vivirás en una dasha como esta en alguna ciudad grande de la parte oriental de la Unión Soviética, y cuando lo desees regresarás a Cuba, lleno de méritos. Un cuadro venido de la base... es justamente lo que se quiere... Si te preguntas por qué te invitaron a ti específicamente a Yortom ahí tienes la respuesta.

VI.
LA GRAN NEVADA

A medida que pasaban los meses los instructores soviéticos les pedían a los cubanos que talaran árboles más y más lejanos. Ya no a dos kilómetros del pueblo, o a tres, sino a ocho. Esto traía disímiles inconvenientes: en primer lugar el peligro, si un accidente ocurría el hospital se encontraría demasiado lejos, y el puesto médico en el campamento constituía un botiquín de emergencia y un hombre de guardia, adiestrado en primeros auxilios, nada más. Los campamentos no tenían calefacción, ni tampoco electricidad.

Tenían que atravesar sin calefacción noches en las que la temperatura bajaba a menos veinte grados. Dormían con los abrigos y las botas puestas para no congelarse. Además, les escaseaba el agua y a veces tenían que pasar días sin bañarse. Con el paso de los meses la falta de higiene traería enfermedades.

En invierno era imposible secar la ropa afuera, ni siquiera durante el día (las pocas horas que duraba el día). El aire la congelaba, y cuando alguien trataba de retirarla del cordel la tela endurecida se rompía en pedazos. Un dedo o una extremidad herida o enferma también podían congelarse, y en el peor de los casos desprenderse. Varios leñadores búlgaros habían perdido un dedo en el tiempo que llevaban trabajando en Komi. Si sobrevives a este invierno con diez dedos en las manos y diez en los pies puedes considerarte un hombre afortunado, le dijo Pablo.

Cuando regresaban los leñadores parecían venidos de una guerra: sucios, apestosos, cansados y hambrientos.

Se encontraban tarde en la noche en un campamento cerca de Chim, un pueblo que quedaba a medio camino de la carretera que unía a Blagoevo con Usogorsk. Apenas había dos grandes albergues, en los cuales quedaba distribuida la brigada completa. El invierno había llegado con sus noches prolongadas. Después de las ocho la mayoría conciliaba el sueño. Los últimos en dormirse alimentaban el fuego moribundo, y mientras intercambiaban frases distantes y azarosas movían la leña con el atizador, y luego se quedaban con el atizador en la mano, como guardianes con sus armas, y a veces compartían un poco de té sobrante, lo tomaban de una misma jarra y se limpiaban el bigote después con el antebrazo. Román escuchó unos gritos que parecían provenir del otro albergue. Escuchó con más atención: sí, definitivamente eran gritos. Se cubrió con un abrigo y abrió la puerta. Los otros dos que estaban despiertos lo siguieron.

En el otro albergue todos estaban despiertos. Los cubanos rodeaban a un niño rubio de nueve o diez años que habían puesto desnudo sobre una mesa. El pie del niño sangraba espantosamente. La pantorrilla derecha tenía tres agujeros por los que brotaba una sangre negra, que bajaba por la mesa y goteaba en la madera del suelo. El niño gritaba por el dolor. Había un hombre soviético que le sostenía la mano y le pedía que aguantara. Aldo sacó el botiquín de emergencias. ¿Qué dice?, le preguntaron a Román. Le está pidiendo que se calme. Román le preguntó al hombre qué había pasado. Un lobo, dijo el hombre en ruso, él escuchó unos sonidos fuera de la casa y salió sin avisarnos, y cuando escuchamos el grito ya era tarde. No hay ningún hospital cerca. Por favor, tienen que ayudarnos. Una vez escuchamos de un campesino al que los leñadores búlgaros habían dado primeros auxilios, y se nos ocurrió traerlo aquí.

Aldo limpió las heridas con alcohol y mandó a esterilizar una aguja y a enhebrarle el hilo. El niño se horrorizó cuando vio la aguja. No hay anestesia, le explicó Román al padre, pero al parecer serán solo unos pocos puntos. Eres un niño muy valiente, le dijo Román al niño, mientras le sostenía la otra mano. Cuando terminemos aquí le vamos a contar a todos que venciste en combate a un lobo. El niño gritaba por el dolor, y daba indicios de querer desmayarse. Estaba muy blanco. Roman le dio una palmada en la cara. ¡No te duermas! ¡Tienes que aguantar un poco más! ¿Sabes que vas a ser el más popular de tu escuela con esta herida, verdad? El padre estaba casi mudo, y miraba a Román a los ojos, pero Román solo miraba el rostro del niño.

Falta poco, aguanta un minuto más. Una vez me mordió un perro, continuó Román, cuando era niño, pero no puede compararse con haber sido mordido por un lobo. La mordida de un perro grande puede ser tan grave como la de un lobo, sin embargo, suena mucho mejor explicar que tienes una cicatriz por culpa de un lobo. Aldo hizo el último nudo y cortó el hilo que sobraba. No quedó tan bien como habría quedado en un hospital, dijo, pero servirá. El padre les dio las gracias a los cubanos repetidas veces, y entre él y Valeriano hicieron una especie de silla con sus brazos y transportaron al niño a un tractor, y lo llevaron de regreso a su casa. La madre había ido a Chim a pie para llamar por teléfono a una ambulancia. Las ambulancias casi nunca vienen hasta acá, o llegan cuando ya es tarde, explicó el padre, pero al menos hicimos el intento. Muchas gracias. Pueden llamarnos para lo que sea que necesiten.

Román les tradujo a los padres algunas instrucciones de Aldo para el cuidado de la herida, y les dijo que fueran dentro de unos días para quitarle el hilo, cuando ya la herida hubiera cicatrizado.

❧

Recibió otro correo sobre Yortom. Los organizadores soviéticos le recordaban que debía dar el nombre del cubano que lo acompañaría en la celebración, para poder comprobar sus *antecedentes*. Sí, definitivamente habría peces gordos.

❧

La primera gran nevada de ese invierno los sorprendió mientras todavía se encontraban talando, en el campamento cerca de Chim. El viento sacudía las copas de los pinos: se doblaban como cabellos, como el pelaje de un animal.

Con el viento caía una nieve densa, que con rapidez se amontonaba en el suelo. En pocos minutos el bosque otoñal se transformaba en un bosque en invierno.

Los leñadores tuvieron que regresar al campamento y asegurarlo todo. Se refugiaron en un único albergue para guardar mejor el calor. Si la nevada sigue hasta mañana las puertas pueden quedar trancadas, dijo Valeriano con voz de broma, tal vez tengamos que salir por la chimenea. Pregun-

taron si nadie faltaba, y hablaron sobre la posibilidad de que
los motores de los vehículos se congelaran.

¿Alguien en Blagoevo sabe exactamente dónde estamos
y cómo llegar hasta aquí?, preguntó Valeriano. Sí, contestó
Román. En el peor de los casos podemos hacer una gran
hoguera y que nos encuentren por señales de humo, dijo otro
en broma. No se puede prender fuego allá afuera en medio
de una tormenta de nieve, contestó Valeriano. Te reto a que
hagas la prueba. ¡Tenemos comida solo para otro día!, gritó
alguien. ¡Si se nos acaba la comida nos comemos a Pablo!,
gritó otro. Pablo llamó a la calma. Lo peor que podía pasarle
a la brigada era que cundiera el pánico. La tormenta debe
terminar esta noche, o a más tardar mañana, dijo. Mientras
tanto entendamos que estamos en una situación extraordinaria. Denme todos sus cuchillos. Valeriano, dame tu arma,
agregó.

Valeriano hizo silencio. Sé que tienes un arma, dijo Pablo.
No te preocupes, te la voy a devolver después. Dame los cartuchos también. ¿Por qué vamos a estar más seguros si tú
tienes el arma?, preguntó Valeriano. Yo no voy a tenerla, la
voy a esconder bajo llave, junto a los cuchillos. Todos al final
accedieron, incluido Valeriano. Román prendió la radio, pero
prácticamente no tenía señal.

El fuego ardía en la estufa. Nadie podía dormir. El viento
se colaba por las rendijas de la rústica construcción de madera
y se colaban copos de nieve que permanecían unos segundos
en el aire, extraviados. Una parte de Román estaba conven-
cida de que estaban a salvo, pero otra tomaba conciencia de
que *realmente* no había garantías. El frío le subía por las piernas y le anestesiaba la nariz y las orejas. La muerte no estaba

tan lejos, podía sentirla físicamente. Si morían congelados el mundo iba a seguir su marcha. Cualquier hombre podía morir en cualquier momento, en cualquier lugar. Cualquier imagen, una mesa, un abrigo, podía ser la última, cualquier letrero, cualquier frase sin sentido, podía ser su epitafio. Y esa soledad, en última instancia histórica, lo estremeció hasta los huesos.

No aseguré los troncos, dijo Pablo. Algunos que estaban medio dormidos se despertaron. El viento es tan fuerte que puede tumbarlos, añadió, y pueden rodar hasta perderse: estamos en una loma. ¿Sabes que no nos van a dejar regresar hasta que no tengamos esos troncos, verdad?, le dijo Valeriano. Procura que no rueden, o los vas a tener que subir tú solo. Se hizo silencio.

Valeriano se levantó, tomó una linterna, abrió la puerta y salió. Nadie se atrevió a ayudarlo. Regresó a los dos minutos, congelándose. Están asegurados, dijo. Díganle al soviético que esté a cargo de esta cosa que quiero un Lada o un Volga. Los demás rieron y aplaudieron. Sin embargo, después de la risa regresó un silencio triste. Román por primera vez los vio a todos auténticamente desesperanzados.

A las ocho de la mañana salió el sol. La tormenta había terminado. Les costó trabajo abrir la puerta. La nieve tenía un espesor de casi cuarenta centímetros. Revisaron que la madera estuviera a salvo. El tractor no arrancaba, el motor se había congelado. Tuvieron que ponerle leña debajo y calentarlo con un soplete. Pablo devolvió las armas. La carretera que llevaba en una dirección a Blagoevo y en otra a Usogorsk estaba deshabilitada, y en Chim tuvieron que echar a andar una barredora de nieve. Transportaron por fin los troncos que Valeriano había salvado hasta Blagoevo. Comieron la carne enlatada que les quedaba y recibieron nuevas provisiones.

Junto al albergue donde se habían guarecido encontraron el cadáver congelado del perro que habían conseguido durante el otoño para las cacerías. Era un bulto oscuro que podía confundirse con un montón de ropa. Para enterrarlo tuvieron que remover la espesa capa de nieve y después cavar en el suelo endurecido, y volver a echar la tierra, cuidando que fuera solo tierra y no nieve (si echaban nieve con el deshielo de primavera el cadáver quedaría expuesto).

Por la noche volvían a estar cansados, tristes y hambrientos. Las baterías del radio se habían agotado. El fuego de la estufa no calentaba lo suficiente, y los hombres se tiraban colchas encima para abrigarse. Si alguien sentía ganas de ir al baño trataba de aguantarlas hasta el día siguiente, para no tener que salir al retrete. Román estaba cerca de Valeriano. Ambos estaban sentados sobre el piso de tablas, con las piernas medio extendidas, y los brazos sobre las rodillas, y la cabeza entre los brazos cruzados. Pablo también estaba despierto. Se dio cuenta de que aquel era el momento indicado.

Llamó a Pablo y espabiló a Valeriano. Tengo algo que decir, se me había olvidado. He recibido un correo de invitación a una actividad en una aldea komi al norte de Blagoevo, llamada Yortom. Supongo que me la mandaron porque me va a ser más fácil comunicarme, y por tanto representar a las brigadas. Igual me pidieron que llevara a otro cubano, tengo que dar el nombre rápido por cuestiones burocráticas. Pablo, estaba pensando... Valeriano salió a asegurar los troncos, y es la persona que más ha trabajado...

Pablo miró a Román y luego miró a Valeriano. Puesto que Román le hacía la propuesta delante de Valeriano no podía negarse sin que este lo considerara un insulto. Me parece perfecto, dijo y se levantó y dio dos palmadas para despertar a los que dormían.

¡Atención! ¡Denme solo dos minutos! Nuestro traductor ha sido invitado a una actividad en la aldea de Yortom dentro de poco, y le han pedido que lleve a otro cubano con él. Ambos consideramos justo que por su trabajo durante todos estos meses demos el nombre de Valeriano.

¿Y hay que dar el nombre por adelantado?, preguntó Aldo. ¿Y eso por qué? Probablemente porque van a ir dirigentes del Sóviet o del Partido Comunista, le contestó Valeriano, sonriéndole. Tenemos que aprovechar entonces, dijo Aldo, tienes que ir tú a decirles que no toleraremos seguir trabajando en estas condiciones, que si nos morimos se va a romper el acuerdo del CAME, y Cuba no va a mandar más azúcar a la Unión Soviética... Aldo, ¿de verdad tú crees que a ellos les importa?, le preguntó Valeriano. ¿A los soviéticos, dices? No, Aldo, no seas tonto, ¿tú de verdad crees que le va a importar a los *cubanos* que nos muramos de frío? ¿Tú crees que le va a importar a alguien?

Sin que nadie se lo hubiera propuesto, se fue conformando una especie de asamblea popular. ¡Sigo diciendo que hay que hacer algo!, gritó Aldo. ¡Una carta! ¡Mandemos una carta!, propuso alguien más. Me gusta la idea de la carta..., dijo Valeriano. Nadie va a mandar ninguna carta, dijo Pablo tartamudeando, y si se manda será por los canales establecidos... ¡Los canales establecidos! ¡Claro! ¿Los canales que tú usas, Pablo?, le dijo Valeriano en tono de burla. No, gracias, ya estamos cansados de usar esos canales. ¡Que el traductor copie una carta en nombre de todos!, se oyó otra voz. ¿Qué ponemos en la carta?, preguntó Valeriano a los demás.

Román estaba nervioso. Se sentó a copiar lo que le decían los miembros de la brigada, de los cuales Valeriano funcionaba como una especie de árbitro. Al momento de traducir al ruso trataba de suavizar los reclamos. ¡Diles que queremos permiso para cazar y para pescar! ¡Y que nos pongan electricidad y calefacción! ¡Diles que somos seres humanos! ¡Seres humanos! ¡Pon ahí también que nos pagan muy poco! ¡Y pon que sabemos que son unos corruptos y que no nos llegan los recursos porque los están desviando para sus negocios! ¿No es demasiado?, les preguntó Román, preocupado por lo que le había dicho Héctor. Si él entregaba una carta con semejantes acusaciones y sin ninguna prueba podía decir adiós a su ascenso. Luego se preguntaba a sí mismo si estaba siendo hipócrita y egoísta, y se respondía que lo estaba haciendo por el propio bien de la brigada y del país. ¿Pusiste todo lo que te dijimos?, le preguntó Aldo. Román afirmó con la cabeza. No me fío de él, dijo un miembro de la brigada. Estaba de pie, con la suela del zapato pegado a la pared, la cabeza inclinada y los brazos cruzados. Deberías asegurarte de que entregue la carta, Valeriano, añadió. A Román le molestó que hablaran como si él no estuviera presente, o más bien como si nunca hubiera sido uno de ellos. Yo sé lo que tengo que hacer, contestó Valeriano.

VII.
YORTOM

El domingo por la mañana un Niva blanco los pasó a recoger al apartamento de Blagoevo y los llevó a Usogorsk. Los funcionarios soviéticos se hospedaban en la misma dasha en la que se había hospedado Héctor no hacía tanto. Esta vez, no obstante, la habían adornado más. Román hizo un esfuerzo para que Valeriano no se diera cuenta de que reconocía el lugar.

Colgaron los abrigos y se sentaron en los blandos y espaciosos sillones junto a los funcionarios. En realidad eran tres personas, pero solo una de ellas era un funcionario (él había imaginado una comisión de siete u ocho). Román reconoció inmediatamente que uno de ellos era el chofer, por cómo se vestía y por la forma en la que saludaba (con una cortesía aburrida, la de alguien cuyo trabajo no fuera conversar, sino manejar y estar alerta). Borislav, el funcionario del PCUS, era un ruso agradable de cuarenta y tantos años, peinado y afeitado como un militar retirado (se podía oler a un metro de distancia la fragancia de la loción para después de afeitar: era como si hubieran dispersado cristales microscópicos y afilados en el aire). Tuvo la gentileza de no decir su cargo exacto (solo que iría a Yortom en representación del PCUS). Les preguntó a ellos si deseaban comer o tomar algo. Ambos deseaban comer y tomar algo, pero contestaron que no. La tercera persona era una mujer de aproximadamente cincuenta años, llamada Nadezhda. La mujer llevaba un kubanka y un abrigo elegante, peludo en el cuello y en las mangas. Parecía conocer de antemano al funcionario. Al principio no dijo una palabra. Román preguntó si también era del PCUS y ella rió y dijo que no, que era una historiadora, especializada en la historia medieval de Komi. ¿Te parezco del PCUS?, le preguntó a Román. ¿Cómo nos vemos los funcionarios del PCUS?, preguntó Borislav, en tono de broma, como si no se sintiera ofendido. Distintos de los historiadores especializados en la historia medieval de Komi, sin lugar a duda, contestó Nadezhda.

Borislav les explicó que los había mandado a buscar porque había escuchado del convenio comercial de CUBALES, y estaba muy contento por la presencia de los cubanos en la Siberia. En el capitalismo la población tiende a irse para las capitales, para las grandes urbes, porque en los campos no hay trabajo, dijo Borislav. Sin embargo nosotros estamos interesados en repoblar la Siberia, y ofrecemos trabajo a quien lo busque. El convenio con los búlgaros le ha devuelto la vida a muchas ciudades pequeñas en Komi. Tengo la mejor opinión de los cubanos. Han construido un socialismo próspero en muy poco tiempo, justo al lado de los Estados Unidos. Los cubanos son valientes... Román escuchaba en silencio. Trataba de no mostrar ningún signo de aburrimiento. Nadezhda asentía medio dormida. Sus ojos hermosos se cerraban lentamente, de forma involuntaria, y luego se abrían con la rapidez de su instinto de supervivencia. Borislav luego se dedicó a contar cómo había sido su infancia y su juventud en Norilsk, cómo se había acostumbrado al frío, una tarde en la cual había estado a punto de ser asesinado por un oso. El chofer no hablaba, pero al parecer conocía la historia del oso, y se emocionaba en cuanto se hacía referencia a ella.

Desde su asiento Valeriano los observaba con timidez, sin entender nada de lo que decían. A veces reía cuando los otros reían: parecía a la espera de que hubiera alguna emoción común en la habitación para de inmediato copiarla, como si aquel fuera su trabajo. Nunca Román lo había visto tan nervioso. A cada rato Valeriano le preguntaba qué estaban diciendo, y él tenía que traducirle en un volumen de voz cuidadoso, que no fuera demasiado alto, pero tampoco lo bastante bajo como para que los otros pensaran que estaban entablando su propia conversación a sus espaldas.

Román comentó en voz alta que un historiador, llamado Milo, le había hablado acerca de un cofre de quinientos años de antigüedad encontrado en Yortom. ¡Has destruido la sorpresa!, dijo Nadezhda. Román tradujo. ¿Cuál sorpresa?, preguntó Valeriano. La celebración no iba a ser una celebración cualquiera, contestó ella. Vamos a abrir un cofre que ha permanecido cerrado durante quinientos años: lo que ahora se llama una cápsula de tiempo.

Las cápsulas de tiempo se pusieron de moda en el siglo diecinueve, continuó Nadezhda, pero hay evidencias de que se hacían antes: en Mesopotamia se enterraron muchas hace miles de años. La amplia mayoría de las cápsulas de tiempo se pierden. Y muchas otras son abiertas antes de la fecha prevista. Ha sido muy sabio enterrar la cápsula en el patio de la iglesia. En primer lugar porque a diferencia de otros edificios, las iglesias suelen estar hechas para la posteridad, no suelen cambiar de manos. Enterrar una cápsula de tiempo debajo de una estación de autobuses, un edificio de apartamentos o un mercado es una mala idea. En segundo lugar, porque los curas, por su propia condición, probablemente respeten la fecha solicitada.

¿La cápsula es del tiempo en el que construyeron la iglesia?, preguntó Román. No, no. La iglesia solo tiene cien años. La cápsula supuestamente tiene quinientos. De alguna manera los habitantes de Yortom se las arreglaron para conservar el cofre hasta el siglo diecinueve, y temiendo que no pudiera preservarse durante estos últimos cien años, la enterraron en los cimientos de la iglesia. Valeriano preguntó de qué estaban hablando, y Román les explicó a los otros que lo disculparan un momento. Trató de acortar lo más posible la historia, lo cual le resultaba difícil, porque también Valeriano parecía interesado. Valeriano le pidió a Román que le preguntara a la historiadora cómo sabían en qué fecha debían abrir el cofre, si supuestamente nadie lo había abierto. Román tradujo la pregunta.

La historiadora se volteó hacia Valeriano y habló mirándole a los ojos, como si le estuviera explicando algo a un niño. Las instrucciones datan del momento de la construcción de la iglesia, dijo, antes suponemos que hubo otros registros. Es decir, durante esos otros cuatrocientos años de algún modo se las arreglaron para dejar constancia del año en el que el cofre debía abrirse. También parece que quienes cerraron el cofre ya se regían por la religión ortodoxa, porque usaron el Calendario Juliano, es decir, tomaron como año cero el nacimiento de Cristo. ¿Sabes lo que es el Calendario Juliano? Román tradujo la pregunta y Valeriano dijo que no.

El Calendario Juliano fue instaurado por Julio César, dijo Nadezhda. Antes los diferentes pueblos bajo dominio romano empleaban calendarios distintos e imperfectos. A partir de entonces los años duraban 365 o 366 días, y empezaban en enero. No siempre habían empezado en enero. El calendario ancestral komi, el que usaban antes de la cristianización, empezaba en el equinoccio de primavera. La Iglesia Ortodoxa heredó el calendario del Imperio Romano, y lo introdujo en los pueblos que ahora son parte de la Unión Soviética. Lo siento... he hablado demasiado. Cuando estemos en Yortom pienso dar una pequeña conferencia antes de abrir el cofre, para contextualizar.

¿Los komi tenían su propio calendario antes de la cristianización?, preguntó Valeriano y pidió a Román que lo tradujera. Sí, contestó Nadezhda. Su calendario tenía nueve meses, en vez de doce, representados por nueve animales, a semejanza de los pueblos nativos norteamericanos. En octubre terminó el mes del reno. Tras escuchar esto Román y Valeriano mantuvieron un breve contacto visual. Román todavía tenía en su cinturón la tira roja. ¿En qué mes estamos ahora?, preguntó Borislav. Estamos en el mes de la nutria, dijo Nadezhda.

Román pensó que a Peter le habría encantado estar allí, y que probablemente Peter habría seguido preguntando por el calendario ancestral de los komi hasta agotar la paciencia de la mujer. Pero a él no se le ocurría ninguna buena pregunta, a pesar de que le gustara el tema de conversación.

Entonces conociste a Milo, mi joven discípulo..., dijo Nadezhda mirando a Román. Fui su profesora en la Universidad de Moscú. ¿Cómo lo conociste? Fui su chofer, respondió Román, viajé desde Udora hasta Moscú en un Niva parecido al tuyo. No es mío, dijo Borislav sonriendo, es del

PCUS. Aquí nada es nuestro. Tampoco esta casa es nuestra. El chofer asintió con la cabeza. Había sido su primer aporte a la conversación en toda la jornada. Sucede que la gente piensa que un dirigente es dueño de algo... El PCUS es dueño de todo, uno no tiene nada, añadió Borislav, casi con tristeza. Eso es muy cierto, dijo Nadezhda, comiendo una golosina de las que habían dejado sobre la mesa. Esta galleta de mantequilla es del PCUS, incluso cuando entre a mi tubo digestivo seguirá siendo del PCUS. Y cuando se convierta en calorías seguirá siendo del PCUS. ¡El sudor que sude será por tanto también del PCUS! Nadezhda dio un par de palmadas sobre la panza de Borislav. ¿Esta panza será propiedad del PCUS? Borislav sonrió, pero estaba visiblemente incómodo. Román había conocido a personajes como Nadezhda antes en Cuba: gente que por una razón u otra estaban recubiertos por un aura de inmunidad, gente que podía decir lo que quisiera sin la amenaza de una represalia. ¿Qué dijo ella?, preguntó Valeriano. Una broma que consiste en un juego de palabras en ruso, dijo Román, en español no da gracia.

*

Por la tarde fueron con varios funcionarios del PCUS de Blagoevo. Román y Valeriano viajaban dentro del Niva blanco: no abrían la boca, y los demás soviéticos pensaban que eran dirigentes de alto rango, venidos de Siktivkar o de Moscú. Sus ropas desaliñadas parecían la ropa que un dirigente astuto se pondría para estar entre los trabajadores. Nadezhda, por otra parte, que también era confundida con una funcionaria, encarnaba el otro arquetipo: el del dirigente que pretendía intimidar a los trabajadores dejando clara su posición social. El dandismo socialista era un fenómeno extraño, pero no mitológico. Borislav ostentaba un estilo más clásico, el de un típico alto dirigente de la era de Brezhnev: correcto, generoso, de pocas palabras, obeso y alcohólico... El dirigente que quería surgir durante la era de Gorbachov era carismático, delgado, con pelo, siempre sonriente (como los rusos se imaginaban que era un político occidental), pero por alguna extraña razón seguían saliendo sin gracia, calvos, gordos y adictos al vodka.

Mientras tuvieron unos minutos de privacidad dentro del carro Valeriano le recordó a Roman que le diera a Borislav la carta que habían redactado en el campamento. Se la voy a dar en el momento correcto, dijo Román, esperemos a que esté relajado, si se la damos en el momento equivocado el efecto puede ser peor. Ni que la fuera a leer frente a nosotros, contestó Valeriano.

Borislav pidió que lo llevaran al campamento de tala más cercano para tirarse una foto con los trabajadores cubanos. Le dijeron que el más cercano era uno de los búlgaros, el primer campamento en el que había trabajado Román, que todavía se encontraba activo. El único problema es que ya no hay cubanos allí, le dijo uno de los funcionarios locales. ¿Cómo que no?, respondió Borislav. ¿No ves a un par de cubanos aquí?, añadió señalando a Román y a Borislav.

Caminaron por el campamento. Román escuchó a dos leñadores que le pasaron por al lado hablando sobre el robo a los almacenes Molodezhni.

Los búlgaros les dieron motosierras, a pesar de que en ese momento no se encontraban en la fase de tala en sí. Se pusieron ocho o nueve personas entre los muñones de los troncos y sonrieron para la cámara. El único que cargaba la motosierra sin esfuerzo era Valeriano. La foto se enviaría a la prensa local, y a los corresponsales de la prensa cubana. Nadezhda no había salido en la foto, se había quedado dentro del automóvil. No puedo caminar hasta allá: los años ya se sienten, le dijo a Borislav. Te vas a congelar allá adentro, dijo este. Igual me voy a congelar afuera, contestó. Mientras se alejaban Román había visto a Nadezhda sola dentro del carro tomar un trago de una pequeña caneca que guardaba en su bolso, recubierta por una funda color canela, tan peluda como el cuello y las mangas de su abrigo.

༶

El viaje en automóvil desde Blagoevo hasta Yortom demoraba tres horas. Fueron hacia el norte en el Niva, ya sin los dirigentes del PCUS de Blagoevo, por la misma carretera estrecha y destruida por la que se llegaba a Vendinga, solo que esta vez tomaban el otro camino del entronque, junto al cual se veía a unos cien o doscientos metros, del otro lado del río Vashka, al oeste, un inmenso lago con una isla en su centro, casi tan grande como el propio lago, de manera que el lago parecía el reborde de una fortaleza catedralicia de pinos, que se había sublevado contra el resto del bosque. Nadezhda pidió que detuvieran el automóvil para tomar una foto de la isla. El paisaje helado solo estaba hecho del verde oscuro casi negro del bosque, del blanco de la nieve y de algunos retazos del azul grisáceo del cielo que dejaban ver las nubes. ¿Habrá nutrias actualmente en el río Vashka?, preguntó Nadezhda, sabiendo de antemano que ninguno de los otros podría responderle.

El automóvil se veía obligado a ir lento a causa de la escarcha y de los baches de la carretera, que producían breves instantes de ingravidez en los viajeros. La carretera era tan estrecha que las ramas a veces rozaban las ventanillas del automóvil. El bosque a contraluz se veía como un gran mural pardusco y plano de un bosque. Del otro lado del camino, a su derecha, la nieve adquiría cierta transparencia espumosa, y los follajes de los pinos y las nubes adquirían crestas de luz de un rosado palo que se volvía más y más rojo con cada segundo que pasaba. Las nubes se iban desintegrando y junto al horizonte opuesto al sol brotaba un azul oscuro e inesperadamente intenso, como el de la llama de un fogón. Las estrellas más brillantes ya aparecían en el firmamento.

La aldea de Yortom estaba en una colina en medio del cruce de dos ríos y sus afluentes: una especie de montículo nevado alrededor del cual serpenteaban flujos silenciosos de agua, que a esa hora quedaban en una penumbra desconsolada, como la sangre oscura del bosque. ¿Y esta aldea tiene quinientos años?, preguntó el chofer. Al menos quinientos años... dijo Nadezhda. De la colina se lanzaban en trineos varios niños, aprovechando los últimos minutos de luz del día. Las casas eran construcciones rústicas de madera de una sola planta, con el techo a dos aguas. Prendían ya sus luces.

Tímidas, las luces de las casas y de la calle alumbraban apenas los rodapiés de una pared azul infinita. Los postes de luz eran palos delgadísimos, cuyas lámparas se encontraban a pocos metros del suelo.

¿De dónde les llega la electricidad?, preguntó Borislav.
Hay una central termoeléctrica cerca que funciona con car-
bón de piedra, respondió Román.

Borislav mandó a detener el carro y le preguntó a uno de
los niños dónde estaba la casa de la presidenta del Sóviet. El
niño habló con otro niño en la lengua komi. Ambos estaban vestidos con una mezcla de poliéster industrial y tejidos
artesanales, y calzaban esquíes de madera, con adornos probablemente pintados a mano. No sé quién es la presidenta
del Sóviet, le respondió por fin.

Estacionaron el Niva en una especie de parqueo improvi-
sado (con un techo de madera) donde había otros automóviles. No habría más que cinco o seis automóviles en Yortom.
Resguardarlos del frío resultaría difícil, en primer lugar. Sin
embargo, creían haber visto al llegar varios botes de pesca
junto al río Vashka, o en uno de sus afluentes.

La temperatura comenzaba a bajar. Una madre mandaba
a entrar a los niños. El azul de la pared nocturna se oscurecía.
¿Has esquiado alguna vez?, le preguntó Valeriano a Román.
Nunca, dijo Román. Valeriano se quedó mirando un trineo
que dos niños arrastraban loma arriba. El trineo dejaba a su
paso un surco en la nieve. ¿Pero has montado chivichana,
no? Tampoco, contestó Román. Valeriano lo miró con una
sonrisa burlona, aunque no cruel (en el fondo tenía un humor
ingenuo, sano). Supongo que tengo más en común con estos
vejigos que contigo, dijo Valeriano. Eso está bien. Si nos que-
damos a dormir mañana voy a pedir a los vejigos que me
enseñen a esquiar.

Caminaron hacia un grupo de casas, Valeriano y Román
iban de últimos. ¿Todo el mundo se siente tan solo, o solo

somos nosotros?, dijo Román. Valeriano no respondió su pregunta. Se limitó a recordarle que tenían que entregar la carta.

Tocaron a una puerta y preguntaron por la casa de la presidenta del Sóviet. El dueño de la casa, un hombre alto y barbudo, tomó una lámpara de aceite y los guió. Estaba vestido con una ropa blanca gruesa y sencilla, con bordados rojos en el pecho. En los pies llevaba unas botas peludas hasta las rodillas, las válenki, que se fabricaban sin costuras, utilizando una sola pieza de lana y una especie de soga entrecruzada. Nadezhda tiritaba, era la menos acostumbrada al frío. Bajo un cielo azul estrellado sobresalían en la penumbra las siluetas de las casas y las figuras encrespadas del humo que escapaba de las chimeneas (el humo de las chimeneas se confundía con las propias chimeneas, juntos formaban columnas que se perdían en el azul del cielo: no había nada de viento y el humo ascendía mágicamente en línea recta), y resaltaban los rectángulos ambarinos de las ventanas de cristal, y había siluetas de personas asomadas a la ventana, que contemplaban la belleza de la noche, la pequeñez de las casas en la noche inabarcable, frente a frente al universo en invierno, y de repente se sintieron atrapados por una solemnidad imprevista, una sensación demasiado fuerte como para describirse como agradable o desagradable.

El hombre que los guiaba alzaba la lámpara a cada rato, cuando parecía indeciso por qué camino tomar, y en el suelo se confundían dos sombras: la de la lámpara de aceite y la de la luminaria eléctrica más cercana, cuya luz apenas alcanzaba para dibujar focos redondos en el suelo nevado. Es aquí, dijo el hombre frente a una casa.

Tocaron a la puerta y les abrió una mujer joven, que llevaba un tocado en la cabeza y un vestido largo y grueso de mangas largas, como una especie de abrigo. Los saludó y llamó a otras dos mujeres, y los invitó a pasar. El hombre que los había guiado se retiró. Por alguna razón, a pesar de que habían entrado y de que se habían resguardado del frío, seguían percibiendo la exterioridad abrumadora de la noche.

La casa era pequeña, sin divisiones (varias camas se dejaban ver en un extremo a oscuras) y los muebles eran bajos, con diseños rudimentarios, aunque armónicos. Casi todo estaba hecho de madera: el suelo, los muebles, el fuelle junto al fuego, los recipientes en los estantes (Román intuyó que allí almacenaban las reservas de grano). En una esquina había una máquina de tejer de madera con urdimbres a medio trabajar. La máquina parecía una silla gigantesca virada al revés, cruzada con un telar y una rueca. Bajo sus pies había tapetes de franjas coloridas, cuyas pelusas se desdoblaban en sombras minúsculas y temblorosas con la luz del fuego. El fuego de la estufa provocaba chispas como estrellas fugaces rojas y alocadas.

Se sentaron y se presentaron, y les ofrecieron té. Román se percató de que las tazas de té pertenecían a juegos diferentes. Había dos mujeres jóvenes (la que les abrió la puerta y otra más) y una mayor, de la misma edad que Nadezhda. Sus tocados parecían variar según la edad. Ellas preguntaron por el viaje. Borislav prometió que el socialismo arreglaría esas carreteras. La mayor, Ksenia (la presidenta del Sóviet), les preguntó si ya tenían hambre. Comieron pelmeni, un plato elaborado con harina que en su interior contenía carne de cerdo, de res y de cordero, y bebieron una cerveza artesanal hecha con malta de centeno. El chofer se hartó con una avaricia tímida, sirviéndose pequeñas raciones cada dos segundos. Valeriano por otro lado se sirvió una ración colosal desde un inicio, y bebió despreocupadamente cerveza con una felicidad contagiosa. Román se dio cuenta de que Borislav se comportaba de manera más amable que antes, trataba de ser gracioso, a su manera. Primero supuso que trataba de ser amable con su anfitriona, pero luego comprobó que a quien trataba de ver siempre a los ojos era a las mujeres más jóvenes. Las mujeres más jóvenes (las hijas de Ksenia) sin embargo solo dirigían su vista hacia Valeriano, que quizás por efecto del alcohol ni siquiera se daba cuenta. Hablaban fundamentalmente Ksenia, Nadezhda y Borislav. La conversación con frecuencia se estancaba. Román no intervenía. Cuando se aburría se fijaba en los detalles de la casa: en la plancha metálica de ropa que había en el suelo, en la inesperada nave espacial plástica de color naranja situada sobre unos libros polvorientos. Sentía deseos de hablar con aquellas mujeres sin la mediación de Borislav, pero comprensiblemente tal cosa sería imposible. Nadezhda a cada rato soltaba una expresión de vergüenza ajena ante las intervenciones de Borislav.

Dentro de la casa los komi usaban unas botas que parecían hechas de una materia prima vegetal, utilizando un sistema de tejido semejante al del yarey de los campesinos cubanos. A primera vista a Román le habían parecido botas de yarey. ¿Esas son botas lapti?, preguntó Nadezhda. Sí, contestó Ksenia, las hacemos con corteza de abedul. ¿En Moscú no se usan, verdad? No, dijo Nadezhda. Usamos pantuflas de felpa. ¿Qué usan en Cuba para andar en la casa?, les preguntó de repente Ksenia a Román y a Valeriano. Román tradujo al español la pregunta. Román no recordaba la palabra en ruso para chancleta, ni siquiera estaba seguro de si existía. Usamos unas sandalias abiertas, generalmente de goma. También tenemos las alpargatas, que son la versión cubana de las lapti. Ksenia y las hijas parecían genuinamente interesadas. También andamos descalzos a veces, añadió Román, si el piso está limpio. Cuando hace mucho calor y el piso está frío incluso es agradable acostarse. En Cuba los suelos no son de madera, sino de loza, y casi nunca les ponemos tapetes. ¿Cómo imaginan en Cuba que son las casas soviéticas?, preguntó una de las hijas de Ksenia. Román sonrió y le repitió la pregunta en español a Valeriano. Te puedo decir las cosas que no imaginamos, dijo Valeriano. El olor de las casas, por ejemplo. En las casas cubanas dejamos las ventanas abiertas cuando cocinamos, porque nunca hace frío, pero ustedes cierran las ventanas para guardar el calor, y parte de los vapores, los que no suben por la chimenea, se quedan dentro de la casa. No es un olor desagradable, es solo distinto. Se pega a la ropa, a los muebles, y al piso moqueteado. Tampoco imaginamos que existan y que sean necesarios muchos objetos, añadió riendo. No sé cómo se llama esa cosa, dijo señalando el fuelle, no solo en ruso, tampoco sé cómo se llama en español. Cuando Román lo tradujo los demás rieron.

¿Tienen alguna otra pregunta?, dijo Ksenia con una sonrisa hospitalaria. Ksenia era gruesa, los pómulos colorados sobresalían de su rostro como si fueran los de una muñeca anciana de carne y hueso. ¿Cómo lavan la ropa?, preguntó Nadezhda, como si hubiera sido lo primero que le hubiera venido a la cabeza. Bueno, en esta casa al menos lavamos la ropa en el río. Quizás cuando el socialismo arregle las carreteras de Udora también nos traiga lavadoras automáticas. Esto último Ksenia lo dijo mirando a Borislav. ¿En Cuba ustedes tienen lavadoras automáticas?, preguntó una de las muchachas a Valeriano. En algunas casas tenemos, respondió Valeriano y Román tradujo. ¿Ah, sí? ¿Y de dónde las importan? Román y Valeriano se miraron, avergonzados. De la Unión Soviética..., contestó. Las hijas de Ksenia rieron, y la madre las silenció con un par de frases en la lengua komi. Quizás con la madera se lleven por equivocación alguna que otra lavadora, dijo atrevidamente una de las hijas, con una sonrisa de burla malévola. Borislav hizo como si no hubiera entendido. Valeriano miró a Román, como recordándole que debía entregar la carta.

Se nos ha acabado la cerveza, pero traigo un poco de vodka siempre encima, dijo Nadezhda, sacando la caneca del abrigo. Lo sirvieron en unos vasos pequeños, preciosamente dibujados, y lo tomaron de un solo trago. ¿Y cuándo es la ceremonia?, dijo Borislav. Creo que ya podemos empezarla, ya es medianoche, contestó Ksenia.

Salieron de la casa, y un frío terrible los recibió. Sobre ellos el cielo se había iluminado con un polvo estelar lejano e indiferente. Nadezhda temblaba, con la expresión contraída, como atormentada por el dolor térmico, y Borislav la abrazó. No te aproveches, Borislav..., le dijo. Las hijas de Ksenia rieron, y la madre al parecer las volvió a regañar. Borislav se había convertido en el bufón del grupo, y él lo había comprendido. El líder del PCUS no parecía molesto, sino ligeramente triste. Román lo observaba. ¿Si se convertía en un secretario del PCC ese sería su destino? ¿Ser un tipo patético, al que nadie nunca iba a ver otra vez como un ser humano auténtico?

El vacío de la cúpula celeste absorbía el espíritu negro de las chimeneas. Seguía sin soplar el viento, como si se encontraran en la atmósfera del inicio o del fin de los tiempos. Valeriano no se preocupaba por el frío, o fingía no preocuparse. Ya se había dado cuenta de que despertaba simpatía en las hermanas. Caminaron guiados por una lámpara de aceite alrededor de doscientos metros hacia un teatro que en verdad era una iglesia modificada. Iban dejando las huellas en la nieve oscura. La noche parecía a punto de borrarlos a todos.

La iglesia devenida en teatro no era alta, pero aun así era más alta que los demás edificios de Yortom, y su pórtico, al que se llegaba subiendo unas escaleras, imponía una extraña solemnidad. La luz dorada del interior resaltaba en el azul de la noche a través de los ventanales (apenas tres a cada lado) y de la puerta entreabierta. Las pinturas del iconostasio habían sido removidas u ocultadas por murales del PCUS. Nadie decía nada, las veinte o quince personas que había en el interior permanecían sentadas en silencio. El teatro había conservado las sillas de la iglesia, pero las había reordenado, para aparentar un nuevo sentido. El altar era ahora el escenario: cuatro o cinco personas estaban sentadas de frente al público. El techo era de madera, a dos aguas, a semejanza de las casas. Román se preguntó si sería el techo original. Una luz insuficiente convertía en oro los rostros humanos, los muebles y las paredes. Por los ventanales entraba el cosmos, y el público quedaba desprotegido de la persistente inmensidad celeste. No solo ellos eran impostores: de cierta forma también lo eran la iglesia y la aldea.

Borislav y Ksenia subieron al escenario. El ruido de las sillas al moverse producía un largo eco, que no parecía corresponder con la relativa pequeñez del edificio. Pronunciaron unas palabras protocolares. Entre otras cosas Ksenia agradeció la presencia de Borislav, y la de las secretarias del Komsomol y del PCUS de Yortom (Román se percató de que no era casualidad que las tres figuras políticas de la aldea fueran mujeres: la cultura matriarcal komi anterior al cristianismo prevalecía). Ksenia agradeció además la presencia de Nadezhda, y la invitó a hablar concretamente sobre lo que podría contener el cofre.

Nadezhda subió al escenario. Caminaba con lentitud. Hizo una pausa antes de hablar y su voz adquirió un tono académico nervioso, que recordaba al de un estudiante que recitara una exposición auxiliándose de tarjetas.

La primera gran pregunta es la naturaleza del mensaje, por qué no quiso ser leído hasta dentro de quinientos años, dijo Nadezhda. La segunda gran pregunta es en qué idioma está escrito. Tal vez esté en ruso, tal vez esté en komi.

De estar en komi, y de realmente tener quinientos años de antigüedad, ni siquiera habría sido escrito utilizando nuestro alfabeto. Como todos sabemos, San Esteban de Perm, un misionero de la iglesia ortodoxa, tradujo la Biblia a la lengua komi. Como los antiguos komi no tenían un lenguaje escrito, San Esteban les inventó un alfabeto, partiendo de las figuras y patrones de sus bordados. Evitó así que adoptaran el alfabeto de San Cirilo, es decir, el alfabeto ruso, que tomaba como referencia el griego. Fue un gesto desesperado para evitar que la cultura komi fuera absorbida por la rusa. Su invención tuvo un éxito impresionante. El alfabeto de San Esteban no fue sustituido por el cirílico hasta el siglo diecisiete, por tanto hay fuertes razones para creer que si el mensaje dentro del cofre está en una lengua komi, esté escrito usando el antiguo alfabeto.

En cuanto a la primera pregunta, la de la naturaleza del mensaje... Daré una información que también puede ser de ayuda a dos de los presentes esta noche, dos cubanos de los campamentos forestales que la presidenta del Sóviet tuvo la amabilidad de invitar. Durante siglos los atrofiados mapas europeos llegaron a considerar esta zona como la frontera norte de un país medio inventado llamado la Tartaria, que controlaban los mongoles y turcos, los llamados pueblos tártaros. El territorio actualmente ocupado por la República de Komi estaba dividido en el siglo quince entre el Gran Perm y el Viejo Perm, países oscuros de los que tampoco sabemos demasiado. Sabemos que algún punto se convirtieron en estados tributarios de la República de Nóvgorod, y que en 1478, con la toma de Nóvgorod por Iván III, se subordinaron entonces a Rusia. En 1486 la aldea de Yortom, suponiendo que existiera como tal, ya se encontraría bajo dominio ruso, pero se trataría de un dominio nuevo para ellos. Yortom habría sido fundado por los komi recién convertidos al cristianismo, en el tránsito de un poder a otro. Por eso nos inclinamos hacia la idea de que se trata de un acta de fundación de la aldea que deja constancia del nuevo dominio ruso sobre el territorio: ya sea de los propios komi, o de alguna autoridad rusa. Bueno, sin más preámbulos abramos el cofre... Y roguemos que todavía me acuerde de cómo leer ruso antiguo o el alfabeto de San Esteban, añadió Nadezhda en el último segundo. El público rió.

Dos aldeanos viejos pusieron delicadamente el cofre sobre una mesa. Era un pequeño arcón de acero y madera negra. No parecía tener dibujos ni adornos de ninguna clase. Nadezhda se acercó, se quitó los guantes y tocó el arcón con sus manos. Ofreció una pequeña resistencia antes de abrirse. Román miró a su alrededor. El público esperaba con perplejidad. Había ancianos, hombres, mujeres y niños. Una vez abierto el cofre Nadezhda se demoró en extraer lo que había adentro. Se comprendía que estaba indecisa. Introdujo sus dos manos desnudas en el cofre y alzó con cuidado un trozo de tela con una mancha marrón oscuro. Román escuchó murmullos en la lengua komi. Es sangre, dijo Nadezhda.

Ksenia, Borislav y los demás en el escenario se miraron entre ellos, confundidos. ¿Hay algo más?, preguntó uno de los ancianos que había puesto el arcón sobre la mesa. Sí, hay algo más, respondió Nadezhda y sacó una tablilla de madera. Leyó lo que decía en silencio. Le temblaban las manos y su expresión estaba contraída. Es una especie de poema en ruso antiguo:

Mi mujer ha muerto, y también mis hijos.
Este trozo de tela es todo cuanto me queda de ellos.
Las tropas de Iván III, ya habiéndose rendido nuestro ejército,
masacraron a los habitantes de la ciudad de Nóvgorod.
Que Dios cobre venganza con su mano todopoderosa,
y que restituya la gloria de la República de Nóvgorod
por los siglos de los siglos.

Que Dios jamás perdone mi huida.
Después de ver muertos a los míos dejé mi espada
y abandoné a los otros.

Que nadie perdone, que nadie olvide
que quien cuenta siempre las historias
es un cobarde.

Durante casi un minuto nadie pronunció una palabra.
Uno de los ancianos que había llevado el cofre se levantó y
le puso una mano en el hombro a Ksenia. Nadezhda volvió
a colocar la tablilla y el paño ensangrentado en el arcón, y
se sentó, con la cabeza sostenida por la misma mano que
le tapaba los ojos. Román sintió fatiga, y le vino una idea
absurda a la mente: que en realidad todos allí, incluido él,
ya estaban muertos, que eran fantasmas en las ruinas de una
iglesia. Cerca de él había un niño que se había quedado dormido. Ksenia caminó hasta el arcón y sostuvo la tablilla.
Varias subieron al escenario también para contemplarla con
sus ojos.

En la actividad estaba planeada la redacción colectiva de
un nuevo mensaje, dijo en voz alta Borislav, que será enterrado también y que no podrá ser leído hasta dentro de otros
quinientos años. Hemos traído papeles y lápices para com-
pilar ideas. Tenemos toda la noche para redactar el nuevo
mensaje. No puede ser menos magnánimo ni emotivo que el
anterior. Debemos pensar en unas pocas líneas que queramos
que conozcan los siglos venideros. Borislav sabía acomodar
la voz a un nuevo registro cada vez que se veía empujado a
hacer alguna intervención pública. Nadie le hizo demasiado
caso. Los asistentes a la ceremonia permanecían inmóviles
y en silencio.

Por primera vez en la noche sopló el viento, y lo hizo además con violencia. Las tablas del techo del teatro se tamba-

learon, y desde los ventanales vieron doblarse las líneas de humo de las chimeneas, paralelas entre sí. Comenzaron a pasarse la tablilla y el paño ensangrentado de mano en mano. Todos querían tocarlos.

La mayoría de los asistentes a la ceremonia regresaron a sus casas un rato después: cinco o seis se quedaron con Ksenia y con Borislav redactando el mensaje que enterrarían en la mañana. Borislav preguntó si había alguna máquina de escribir en Yortom. Ksenia negó con la cabeza. Decidieron que el mensaje lo transcribiera Nadezhda, que era la de mejor caligrafía. Tenían frío, y estaban cansados. Borislav, Nadezhda, Valeriano, Román y el chofer durmieron en unas camas que les habían preparado en la casa de Ksenia. A su vez, Ksenia y las hijas durmieron en otro lugar.

En la cama, cuyo tacto sintió extrañamente familiar, Román volvió a pensar en el cofre. Se preguntó qué harían con él, si iría para un museo como el de Koslan, si el texto sería copiado y añadido a alguna antología de literatura rusa medieval. En cualquier caso, su destino se vería cargado de una banalidad tal (en términos relativos) que parecería condenado a aquello que durante quinientos años había estado evitando: el olvido. Difícilmente en museos o en antologías el arcón y su contenido pudieran sobrevivir otros cien años siquiera. Un mensaje es inolvidable hasta que se lee. Lo que no ha pasado no se olvida, porque puede estar a punto de pasar en cualquier momento, en cambio lo que pasa no volverá a pasar y va a olvidarse.

Despertó por unos ruidos metálicos que se escuchaban junto a la estufa. Ya eran las ocho de la mañana, y Ksenia preparaba el desayuno. Román se levantó y fue a ayudarla.

¿Eres de los que se despiertan temprano?, le dijo Ksenia. Mi antiguo esposo era igual. Tenía la conciencia inquieta. ¿Crees que tengo la conciencia inquieta?, le preguntó Román. Él la tenía al menos, no sé tú. ¿Qué lo inquietaba? Probablemente una muchacha con la que me estaba engañando en Vendinga... Ksenia sonrió. El tema en apariencia no le importaba.

¿Es el padre de tus hijas? Sí, ese canalla... Ni siquiera supo planificar un buen secuestro el día de la boda. Las dos se parecen demasiado a él. Son perezosas, poco confiables, aunque listas sin lugar a dudas. Me preocupa qué va a ser de ellas, ¿sabes? Una parte de mí quería que fueran a estudiar a Siktivkar, que tuvieran otro futuro que no fuera ser tejedoras domésticas, porque la verdad ni siquiera son buenas tejiendo. En Yortom las mujeres aprenden a tejer desde que son niñas. Ellas no aprendieron. No sé qué pasa con esta generación. Los padres y las madres siempre creen que sus hijos son unos buenos para nada, dijo Román, mi hermano y yo... ¿Sabes por qué te hablo de mis hijas, verdad?, preguntó Ksenia, cambiando bruscamente la expresión de su cara. Te hablo de mis hijas porque tu amigo les ha echado el ojo, y creo que ellas se lo han echado a él. Tu amigo regresará a Cuba, no va a casarse con ninguna de ellas. Estoy previniendo un problema, es lo que las madres hacen. Mis hijas tienen edad de casarse: una tiene diecisiete, la otra diecinueve. ¿Entiendes lo que te estoy diciendo? No quiero que les pase a ellas lo que me pasó a mí. Lo entiendo, no hay problema.

¿Has vivido siempre en Yortom? ¿Tus padres y tus abuelos también? Sí, la gente se va de Yortom a otros sitios, pero nadie viene a Yortom a vivir de otros sitios. Casi todos los que vivimos en la aldea hemos permanecido aquí desde hace unas cuantas generaciones, quizás desde su fundación, hace cientos de años. En cada casa hay un baúl en el que guardamos ropas para ocasiones especiales: las heredamos de nuestras madres y abuelas y nuestras hijas y nietas las heredarán de nosotros. Cuando se rompen reaprovechamos los bordados en ropas nuevas, y nos ocupamos de repetirlos fielmente.

Esta casa no debió ser mía: no la fabricó mi esposo, sino mi hermano mayor. Mi hermano mayor combatió en la Batalla de Moscú en 1941. Su cuerpo nunca apareció. Dos millones de soldados alemanes rodearon la capital. El general Zhúkov logró reunir un millón y medio de soldados, traídos de los rincones más lejanos de la Unión Soviética, para salvar Moscú. Pelearon en amplia desventaja. Jóvenes de aldeas remotas que nunca habían visto esas calles pelearon por ellas desesperadamente. Zhúkov dijo que los refuerzos eran tropas de élite siberianas para intimidar a los alemanes, pero muchos eran niños, hijos de campesinos, sin ninguna formación militar. No hay cifras exactas de todas las vidas que costó esa victoria. A veces pienso en todos esos cuerpos abandonados en la nieve.

Si pudiéramos hablar con los muertos... si pudiéramos preguntar a los muertos si se arrepienten, si pudiéramos mostrarles para qué ha servido su muerte, y si les ofreciéramos la oportunidad de huir y salvar sus vidas, ¿cuántos elegirían quedarse muertos? ¿Cuántos de los muertos sobre los que hoy se paran los vivos elegirían seguir muertos, viendo aquello para lo que ha servido su muerte? Cada aldea, cada pueblo, tiene un arcón enterrado desde hace cientos o miles de años: nadie puede abrirlo, nadie sabe qué dice su mensaje, pero seguiremos asumiendo como nuestro deber dejarlo a nuestros hijos y nietos. Y el arcón está en realidad vacío. El mensaje en su interior no importa. Los alemanes tenían el suyo, los hombres de Iván III que asesinaron y saquearon Nóvgorod también lo tenían.

Tu historia me conmueve porque es la mía, dijo Román. Mi hermano combate en Angola... Cuba y Komi están en la periferia, y las tormentas que se forman en el centro de la civilización se sienten como extrañas ventiscas. Y quiero pensar que hay algo verdadero enterrado bajo la tierra, algún significado... pero tal vez no lo haya. Tal vez la historia humana, como dices, no sea más que... ¿Entiendes lo que digo? ¿Y si es el caso entonces no hay una justicia posible? ¿Somos como fantasmas desde que nacemos?

Ksenia no respondió. Entre los dos partieron un pan de centeno con forma de anillo. La masa suave y limpia del interior del pan, agujereada por la levadura, se estiraba hasta quebrarse entre sus manos. Quiero preguntarte algo, dijo Román, eres presidenta del Sóviet, sabes más que yo de ciertas cosas... Lo que quiero decir es que... quizás sí tenga la conciencia inquieta.

Hace poco me enteré de que me propondrían como secretario del Partido de mi brigada de tala, tal vez de mi empresa... Quiero mejorar las cosas para los trabajadores. Quiero mejorar las cosas para mi país. ¿Pero qué pasa si me convierto en alguien como Borislav? ¿Qué pasa si Borislav fue alguna vez una persona joven como yo, y con los años se convirtió en lo que es? Ksenia miró a Román con cuidado, como si lo examinara. De repente, justo antes de que pudiera responder, se escuchó un bostezo. Borislav se despertó y se unió a ellos.

Tomaron leche y comieron pan. Borislav le dio las gracias a Ksenia por la hospitalidad. Le dijo que si alguna vez iba a Moscú se pasara por su casa. Román tocó en el bolsillo interior de su abrigo la carta. Este era el momento. Si se la iba a dar debía ser ahora. Ksenia y Borislav conversaban despreocupadamente. El chofer se movía en la cama como si estuviera a punto de despertarse. Lo pensó una vez más. Lo más fácil era entregar la carta, y luego alegar que no había sido una decisión suya. Técnicamente Pablo había sido el secretario del Partido que había aprobado la carta, no él. Pues sí, lo más fácil era entregar aquel sobre y limpiarse las manos del asunto, aunque luego se frustrara el gran convenio, y todo lo que hubieran trabajado durante esos meses hubiera sido en vano. Lo *difícil* sin embargo yacía en cargar con la culpa de haber traicionado a sus futuros subordinados, a fin de que el gran convenio se concretara y Cuba recibiera la tan necesaria madera, y el trabajo de esos meses no hubiera sido en vano. ¿Qué haría? ¿Lo fácil o lo difícil? Lo más honesto sería tomar el camino difícil. Hacer lo que era mejor para la gente, y no lo que la gente quería.

Valeriano, Nadezhda y el chofer se despertaron y desayunaron con ellos. Afuera el sol se levantaba sobre el bosque, como una lumbre carbonífera.

Salieron a la calle. Junto al teatro había una pequeña aglomeración de personas: estaban cavando el agujero donde enterrarían el nuevo cofre. Primero quitaban la nieve, luego removerían la tierra junto a los cimientos del teatro. Desde lejos solo se veían las erupciones de nieve por encima de las cabezas. Román recordó el enterramiento del perro después de la gran nevada.

Había unos niños esquiando otra vez y Valeriano le preguntó a Román si creía que sus pies cabrían en las botas de madera de los niños. Lo dudo mucho, contestó Román. ¿Le diste la carta a Borislav? Sí, se la di. ¿La leyó? No, se la guardó en su abrigo.

Junto a los niños corrían en la nieve varios perros gigantescos y peludos, y cuando corrían levantaban tormentas de nieve en miniatura. La alegría frenética e insensata de los perros parecía copiar la de los niños. Una de las hijas de Ksenia, la mayor, llamó a uno de los perros. El perro (negro con manchas blancas) se arrojó sobre ella, hasta casi derribarla. Ella le hablaba en la lengua komi. Valeriano se agachó para también acariciar al perro. Le habló juguetonamente al perro en español. ¿Cómo se llama?, le preguntó a la muchacha. Ella se encogió de hombros y le hizo una seña a Román para que fuera a traducirle. Él quiere saber cómo se llama el perro, le dijo Román. Dile que se llama Gorbachov. Román se rió. ¿Por qué se llama así? Porque al dueño se le murieron tres perros viejos antes de tenerlo, por eso y porque ladra y ladra, pero no muerde.

Estaban en un extremo de la aldea, junto al bosque. Las ramas de los árboles se doblaban hacia el suelo por el peso de una nieve que rodaba hasta hacer cúmulos redondos y nubosos en los extremos, como los de la cera derretida, dándoles un aspecto pintoresco y amigable. En el cielo brillaba, a través de unas nubes translúcidas, como hechas de papel, una luna en cuarto creciente, que había sobrevivido al alba. Valeriano, Román y la muchacha se quedaron viéndola por un instante.

Los libros soviéticos dicen que la luna se creó por culpa de un gran asteroide, dijo la muchacha, y que el sol se creó por la muerte de otra estrella. Antes de eso la Biblia que tradujeron los misioneros decía que Dios había creado el sol y la luna en el cuarto día. Pero hay una historia komi muy antigua, anterior a la cristianización, que contaba que el sol y la luna eran hermanos que un día habían jugado a las escondidas y se habían terminado perdiendo de vista el uno al otro. La muchacha hizo una pausa prudencial, para que Román tradujera. Román se dio cuenta de ella que había pensado muy bien lo que iba a decir antes de decirlo.

Mi hermana y yo jugábamos de niñas en el bosque a que éramos el sol y la luna, continuó. Me gusta recordar que esa historia tan sencilla ha sobrevivido tanto tiempo, que nos la hemos contado de padres a hijos durante cientos, tal vez miles de años... porque es una cadena delicadísima, es suficiente que una generación la olvide para que se pierda para siempre, y sin embargo no se ha olvidado.

Ahora tú tienes que contarme una historia, añadió, mirando a Valeriano. Román tradujo. ¿Qué? ¿Quieres que te cuente una historia como la tuya? Sí, respondió ella, tienes que contarme una historia cubana de hace miles de años. Tú harás mi historia a tus hijos, y yo haré la tuya a los míos, así los dos nos habremos asegurado de que nuestras historias permanezcan un poco más de tiempo en la tierra.

Ninguna historia cubana tiene miles de años, contestó Valeriano, avergonzado. Esa es la diferencia entre Cuba y Komi: Cuba no tiene pasado.

Leyeron el mensaje antes de meterlo en el cofre. Ksenia lo leyó en voz alta usando una voz ligeramente afectada, semejante a la que en ocasiones usaba Borislav:

Quienes hemos estado juntos anoche y esta mañana
podremos no vernos nunca más, y aun así
llamarnos para siempre hermanos.

Los hombres y los pueblos han de permanecer unidos
para enfrentar los inviernos y las noches.
Debemos compartir el pan y el fuego como iguales.
Algún día los campesinos y los proletarios del mundo
nos recordarán con alegría:
vivimos durante el primer siglo de vida
de la inmortal Unión Soviética.

Los aldeanos les regalaron a todos unas ropas hermosas de una tela que era seda o parecía seda. Eran de un rojo brillante que resaltaba de inmediato a la vista. Ksenia se acercó a Nadezhda y le dio unas botas lapti recién hechas. Son para ti, le dijo. Gracias, dijo Nadezhda.

Ya dentro del Niva Nadezhda le comentó a Borislav que debieron haber pensado en un regalo en nombre del PCUS para la aldea. Tienes razón, dijo Borislav, no hemos sido lo bastante corteses.

El viaje de regreso a Blagoevo fue largo. Los pinos se reproducían hasta el horizonte. Mirar hacia cualquier lado significaba toparse con una enloquecida e imperfecta repetición. El bosque reproducía por todas partes la imagen de un solo árbol que ya no estaba, un árbol mesiánico que habría brotado de una tierra lejana durante eras pasadas. En cierto sentido aquella era la historia del mundo: la historia de una repetición ciega. Cada cosa que se podía imaginar quería reproducirse a sí misma hasta el infinito: los árboles, las bestias, los seres humanos. El trigo usaba al hombre para remplazar los bosques. Cada especie de planta (cuidando el legado genético, un arcón vacío) albergaba la esperanza de abarcar la tierra.

También los objetos. Las cabañas albergaban a los hombres solo para que se siguieran fabricando cabañas. Las monedas servían al comercio para que el hombre siguiera extrayendo minerales de la tierra y siguiera dándoles forma de moneda. Las cruces de las iglesias pasaban a las páginas de los libros y se multiplicaban en más fieles y en más cruces de iglesias, en un proceso transversal tan secreto como la vida misma.

Los objetos usaban a los seres humanos para reproducirse del mismo modo que un árbol usaba la tierra, y entre ellos operaba algún tipo de selección natural utilitaria todavía más esencial que la genética. Como los peces y los pájaros, los objetos y los ritos se adaptaban y se perfeccionaban, con tal de seguirse repitiendo. El ser humano es un tipo de suelo. Normalmente llamamos ser humano a lo que en realidad crece encima del ser humano, a sus canciones y a sus dioses. Sobre el ser humano crecen los estandartes de los imperios, los bordados, los símbolos y las lenguas, pero nada de eso es el ser humano.

Cada ser humano es una parcela de suelo a la que le han tocado sus hongos, sus yerbas y sus flores silvestres, que algún día desaparecerán. A veces un inmenso alce camina por encima, y podemos percibirlo por una pisada. La bestia entonces sigue su camino sobre otras parcelas y se pierde y no regresa.

NOTA

Las noches boreales debe su existencia a Alisa y a Sergey, que me ayudaron comprobando información, pero sobre todo al libro *Los tesoros de la nieve* (2012), testimonio recogido por Eduardo B. Pedraza González.

Catálogo Bokeh

Abreu, Juan (2017): *El pájaro*. Leiden: Bokeh.

Aguilera, Carlos A. (2016): *Asia Menor*. Leiden: Bokeh.

— (2017): *Teoría del alma china*. Leiden: Bokeh.

Aguilera, Carlos A. & Morejón Arnaiz, Idalia (eds.) (2017): *Escenas del yo flotante. Cuba: escrituras autobiográficas*. Leiden: Bokeh.

Alabau, Magali (2017): *Ir y venir. Poesía reunida 1986-2016*. Leiden: Bokeh.

— (2019): *Mordazas*. Leiden: Bokeh.

Alcides, Rafael (2016): *Nadie*. Leiden: Bokeh.

Andrade, Orlando (2015): *La diáspora (2984)*. Leiden: Bokeh.

Armand, Octavio (2016): *Concierto para delinquir*. Leiden: Bokeh.

— (2016): *Horizontes de juguete*. Leiden: Bokeh.

— (2016): *origami*. Leiden: Bokeh.

Aroche, Rito Ramón (2016): *Límites de alcanía*. Leiden: Bokeh.

Atencio, Caridad (2018): *Desplazamiento al margen*. Leiden: Bokeh.

Ávila Villamar, Carlos (2025): *Nueve ficciones*. Gainesville: Bokeh.

Barquet, Jesús (2018): *Aguja de diversos*. Leiden: Bokeh.

Blanco, María Elena (2016): *Botín. Antología personal 1986-2016*. Leiden: Bokeh.

Caballero, Atilio (2016): *Rosso lombardo*. Leiden: Bokeh.

— (2018): *Luz de gas*. Leiden: Bokeh.

Calderón, Damaris (2017): *Entresijo*. Leiden: Bokeh.

Castaños, Diana (2019): *Yo sé por qué bala la oveja mansa*. Leiden: Bokeh.

— (2019): *The Price of Being Young*. Leiden: Bokeh.

Cataño, José Carlos (2019): *El cónsul del Mar del Norte*. Leiden: Bokeh.

Cino, Luis (202x): *Volver a hablar con Nelson*. Leiden: Bokeh.

Columbié, Ena (2019): *Piedra*. Leiden: Bokeh.

Conte, Rafael & Capmany, José M. (2019): *Guerra de razas. Negros contra blancos en Cuba*. Leiden: Bokeh | colección Mal de archivo.

Díaz de Villegas, Néstor (2015): *Buscar la lengua. Poesía reunida 1975-2015*. Leiden: Bokeh.

—— (2015): *Cubano, demasiado cubano. Escritos de transvaloración cultural*. Leiden: Bokeh.

—— (2017): *Sabbat Gigante. Libro primero: Hojas de Rábano*. Leiden: Bokeh.

—— (2018): *Sabbat Gigante. Libro segundo: Saigón*. Leiden: Bokeh.

Espinosa, Lizette (2019): *Humo*. Leiden: Bokeh.

Fernández, María Cristina (2025): *En el nombre de la rusa*. Gainesville: Bokeh.

Fernández Larrea, Abel (2015): *Buenos días, Sarajevo*. Leiden: Bokeh.

—— (2015): *El fin de la inocencia*. Leiden: Bokeh.

Ferrer, Jorge (2016): *Minimal Bildung. Veintinueve escenas para una novela sobre la inercia y el olvido*. Leiden: Bokeh.

Galindo, Moisés (2019). *Catarsis*. Leiden: Bokeh.

Garbatzky, Irina (2016): *Casa en el agua*. Leiden: Bokeh.

García, Gelsys (2016): *La Revolución y sus perros*. Leiden: Bokeh.

García, Gelsys (ed.) (2017): *Anuncia Freud a María. Cartografía bíblica del teatro cubano*. Leiden: Bokeh.

García Obregón, Omar (2018): *Fronteras: ¿el azar infinito?* Leiden: Bokeh.

—— (2025): *66 décimas para cuerdas migratorias*. Gainesville: Bokeh.

Garrandés, Alberto (2015): *Las nubes en el agua*. Leiden: Bokeh.

Ginoris, Gino (2018): *Yale*. Leiden. Bokeh.

Gómez Castellano, Irene (2015): *Natación*. Leiden: Bokeh.

Guerra, Germán (2017): *Nadie ante el espejo*. Leiden: Bokeh.

Gutiérrez Coto, Amauri (2017): *A las puertas de Esmirna*. Leiden: Bokeh.

Hässler, Rodolfo (2019): Cabeza de ébano. Leiden: Bokeh.

Hernández Busto, Ernesto (2016): *La sombra en el espejo. Versiones japonesas*. Leiden: Bokeh.

—— (2016): *Muda*. Leiden: Bokeh.

—— (2017): *Inventario de saldos. Ensayos cubanos*. Leiden: Bokeh.

Herrera, Alcides (2022): *Canciones iguales*. Leiden: Bokeh.

Herrera, José María (2025): *La musa política*. Gainesville: Bokeh.

Hondal, Ramón (2019): *Scratch*. Leiden: Bokeh.

—— (2020): *La caja*. Leiden: Bokeh

HURTADO, Orestes (2016): *El placer y el sereno*. Leiden: Bokeh.

INGUANZO, Rosie (2018): *La Habana sentimental*. Leiden: Bokeh.

JESÚS, Pedro de (2017): *La vida apenas*. Leiden: Bokeh.

KOZER, José (2015): *Bajo este cien*. Leiden: Bokeh.

— (2015): *Principio de realidad*. Leiden: Bokeh.

LAGE, Jorge Enrique (2015): *Vultureffect*. Leiden: Bokeh.

LAMAR SCHWEYER, Alberto (2018): *Ensayos sobre poética y política. Edición y prólogo de Gerardo Muñoz*. Leiden: Bokeh | colección Mal de archivo.

LUKIĆ, Neva (2018): *Endless Endings*. Leiden: Bokeh.

MARQUÉS DE ARMAS, Pedro (2015): *Óbitos*. Leiden: Bokeh.

MÉNDEZ ALPÍZAR, L. Santiago (2016): *Punto negro*. Leiden: Bokeh.

MIRANDA, Michael H. (2017): *Asilo en Brazos Valley*. Leiden: Bokeh.

MORALES, Osdany (2015): *El pasado es un pueblo solitario*. Leiden: Bokeh.

— (2018): *Zozobra*. Leiden: Bokeh.

— (2023): *Lengua materna*. Leiden: Bokeh.

NARANJO, Carlos I. (2019): *Los cantos de Pandora*. Leiden: Bokeh.

PADILLA, Damián (2016): *Phana*. Leiden: Bokeh.

PEREIRA, Manuel (2015): *Insolación*. Leiden: Bokeh.

PÉREZ, César (2024): *La capital del sol. Tragicomedia en tres actos*. Leiden: Bokeh.

PÉREZ CINO, Waldo (2015): *Aledaños de partida*. Leiden: Bokeh.

— (2015): *El amolador*. Leiden: Bokeh.

— (2015): *La isla y la tribu*. Leiden: Bokeh.

— (2019): *Apuntes sobre Weyler*. Leiden: Bokeh.

PONTE, Antonio José (2017): *Cuentos de todas partes del Imperio*. Leiden: Bokeh.

— (2018): *Contrabando de sombras*. Leiden: Bokeh.

PORTELA, Ena Lucía (2016): *El pájaro: pincel y tinta china*. Leiden: Bokeh.

— (2016): *La sombra del caminante*. Leiden: Bokeh.

— (2020): *Cien botellas en una pared*. Leiden: Bokeh.

QUINTERO HERENCIA, Juan Carlos (2016): *El cuerpo del milagro*. Leiden: Bokeh.

RIBALTA, Aleisa (2018): *Talús / Talud*. Leiden: Bokeh.

RODRÍGUEZ, Reina María (2016): *El piano*. Leiden: Bokeh.

— (2018): *Poemas de navidad*. Leiden: Bokeh.

SAAB, Jorge (2019): *La zorra y el tiempo*. Leiden: Bokeh.

SALCEDO MASPONS, Jorge (2025): *Memoria de eso*. Gainesville: Bokeh.

SÁNCHEZ MEJÍAS, Rolando (2016): *Mecánica celeste. Cálculo de lindes 1986-2015*. Leiden: Bokeh.

SAUNDERS, Rogelio (2016): *Crónica del decimotercero*. Leiden: Bokeh.

STARKE, Úrsula (2016): *Prótesis. Escrituras 2007-2015*. Leiden: Bokeh.

TIMMER, Nanne (2018): *Logopedia*. Leiden: Bokeh.

VALDÉS ZAMORA, Armando (2017): *La siesta de los dioses*. Leiden: Bokeh.

VALENCIA, Marelys (2021): *Peregrinaje en tres lapsos | Pilgrimage in Three Lapses*. Leiden: Bokeh.

— (2023): *Santuario de narcisos en ayunas | Sanctuary of Fasting Daffodils*. Traducción de Peter Nadler. Leiden: Bokeh.

VEGA SEROVA, Anna Lidia (2018): *Anima fatua*. Leiden: Bokeh.

VILLAVERDE, Fernando (2016): *La irresistible caída del muro de Berlín*. Leiden: Bokeh.

— (2016): *Los labios pintados de Diderot*. Leiden: Bokeh.

WILLIAMS, Ramón (2019): *A dónde*. Leiden: Bokeh.

WITTNER, Laura (2016): *Jueves, noche. Antología personal 1996-2016*. Leiden: Bokeh.

ZEQUEIRA, Rafael (2017): *El winchester de Durero*. Leiden: Bokeh.

— (2020): *El palmar de los locos*. Leiden: Bokeh.

www.ingramcontent.com/pod-product-compliance
Lightning Source LLC
Chambersburg PA
CBHW020747020726
47495CB00008B/2343